늑대 사냥

장편소설

차례

1.

늑대

＊

볼크는 머리 위에서 떨어진 눈 더미에 맞아 잠이 번쩍 깼다. 나무를 올려다보았다. 기지에 처음 왔을 때부터 이 전나무 밑에서 자는 것을 좋아했다. 한겨울이 되면 형제자매들이 안 쓰는 시험관이나 플라스크, 금속 시편, LED 같은 것으로 나무를 장식하는 것도 좋았다. 밖에서 잘 수 있을 때면 항상 여기에 왔다. 어제는 밖에서 자는 것이 허락된 마지막 날이었다.

날이 많이 추워졌기 때문에 오늘부터는 연구동 안에서 지내야 했다. 정작 추위를 타는 것은 무리의 형제자매들이었지만, 볼크는 시원하고 트인 바깥에서 시간을 보내는 것만큼이나 무리와 함께 있는 것이 좋았다.

형제자매들은 볼크와 달랐다. 볼크는 네 다리를 모두 써서 걷는데, 형제자매들은 뒷다리로만 걸었다. 볼크가 윤기 나는 멋진 회백색 털을 두르고 있는 반면, 형제자매들은 털도 머리에만 조금 났고(없는 형제도 있었다), 다들 천으로 만든 똑같은 옷을 입고 가슴에는 반짝거리는 쇠붙이 계급장을 달았다. 볼크는 계급장을 가느다란 사슬에 달아 목에 걸고 있다.

몸을 흔들어 눈 더미를 털고, 눈 가장자리의 내장 디스플레이에 뜬 시간을 확인했다. 일과 시작은 좀 뒤이니, 기지를 돌며 찬 공기를 마시자고 생각했다. 기지 남쪽 가

7

장자리의 스텔스 탑까지 가볍게 뛰었는데, 아직 아무도 보이지 않았다. 하지만 향긋하고 쌉쌀한 커피 냄새가 풍기기 시작한 것을 보면 아무래도 일어는 났는데 날이 추워 늑장을 부리는 모양이었다.

이 시간이면 소콜로프 중사가 로봇들을 데리고 연구동 앞길의 눈을 치울 때인데…….

볼크의 계급은 중위였다. 형제자매들 중에서는 중간보다 살짝 높은 편이지만, 같은 중위인 아리나 알렉세예브나 벨스카야와는 대우가 사뭇 달랐다. 링카(볼크에게는 벨스카야 중위를 그렇게 부르는 것이 허락되었다)는 다른 형제자매들에게 이런저런 것들을 시키는 쪽이었지만, 볼크는 시키는 대로 하는 쪽이었다. 제일 높은 것은 사령관인 크라예바 소령이었는데 기지를 자주 비우는 바람에 거의 마주칠 일이 없었다. 소령이 어디에 갔느냐고 볼크가 물을 때마다, 형제자매들은 "모스크바"라고 대답했다. 인터넷 검색을 해보면, 높은 건물들이 가득 들어차 이상한 산처럼 느껴지는 곳이었다.

간신히 다리를 풀 수 있을 정도 넓이밖에 되지 않아 조금 답답했지만, 볼크는 기지가 좋았다. 링카 외에도 형제자매들은 볼크를 잘 보살펴 주었고, 볼크 또한 형제자매들의 부탁을 모두 들어주었다. 실험은 물론이거니와, 잠자는 주사도 군소리 없이 맞았다. 깨어났을 때면 으레 감겨 있는 붕대도, 긁고 싶고 핥고 싶어도 참았다.

처음 왔을 때에는 형제자매들이 모두 자기와 생김새

가 달라 경계하기도 했지만, 몇 해가 지난 지금은 모두 가족임을 볼크는 잘 안다. 전기 철망 내부에서의 삶은 나쁘지 않았다. 링카는 '바깥'이 위험하다고 했다. 이 기지를 곱게 보지 않는 자들이 많다고…….

볼크는 커피 냄새를 따라갔다. 위성 감시에 들키지 않도록 거의 모든 것이 차폐되어 있어, 기지 구석의 야트막한 언덕에서 내려다보면 때로는 냄새 말고는 느껴지는 것이 거의 없기도 했다. 건물도 모두 낮았고, 지붕도 모두 위장되어 있고, 기지에서 한참 떨어진 곳에서부터 차가 못 들어오도록 길에 차단기가 설치되어 있었다. 크라예바 소령이 모스크바에 갈 때도 위장한 자동차를 타고 기지 멀리까지 나가 비행기를 탄다고 했다.

"볼크, 그러니까 밖에 절대로 나가면 안 돼. 기업연합들이 우리 기지를 눈치채면 가만 안 있을 거야."

링카 중위가 때때로 그렇게 말했지만, 볼크는 기업연합이 무엇인지 몰랐다. 단지 '러시아'를 항상 감시하고 있고, 형제자매들이 다른 무엇보다 그것을 두려워한다는 것을, 여러 해에 걸쳐 주워들은 내용으로 짐작할 뿐이었다. 인터넷으로 검색해 보려 했지만, 고양이 동영상 외에 허락된 것이 많지 않았다.

아무도 자세한 얘기를 해주지 않자, 볼크는 기업연합을 거대하고 강력한 무리라고 상상했다. 분명 크라예바 소령보다 강한 어미와 아비가 있을 것이고, 어쩌면 두 발로만 걷는 연약한 형제자매들이 아닌 힘센 늑대들이 있을

지도 몰랐다. 형제자매들이 기업연합을 입에 담을 때마다 부지불식간에 눈이 하늘로 향하는 것을 보면, 기업연합 무리들은 저 위에, 위성들과 함께 있는지도 모른다. 어쩌면 달에 있을지도 모른다는 생각에, 보름달을 볼 때면 저리 가라는 마음을 담아 짖었다.

연구동의 문이 열렸다. 링카가 두 손으로 어깨를 부여잡고 몸을 떨며 모습을 드러냈다. 두꺼운 카키색 코트를 입고, 머리가 파묻힐 정도로 큰 털모자를 쓰고 있다. 곧 라벤더 향이 섞인 비누 냄새가 전해졌다. 다른 형제자매들이 모두 볼크보다 작았지만, 링카는 더 가늘고 작았다. 동그란 눈에 동그란 안경을 쓰고, 항상 뭔가를 읽고 있었다. 볼크에게 글 읽는 법을 가르쳐준 것도 링카였다.

두리번거리던 링카가 손을 흔드는 것을 보고, 볼크는 나무들을 지나 종종걸음으로 다가갔다. 앞발로 경례를 올리자 링카도 어깨에서 손을 떼고 경례를 했다. 더 다가가자, 링카가 쪼그리고 앉더니 웃으며 머리를 쓰다듬어주었다. 라벤더 비누 향기가 풍겼다. 링카의 냄새도 손길도 기분이 좋아 꼬리가 멋대로 흔들렸다.

"볼크 중위, 오늘도 일찍 일어났네. 아침 구보는 하고 왔어?"

볼크는 한 번 짖었다. 기지 연구동에 있는 터미널이 없으면 형제자매들의 말을 못 했다. 하지만 링카는 언제나 볼크의 뜻을 잘 이해했다. 어렸을 때부터 갯과 동물과 친했고, 대학에서는 개와 늑대와 여우를 공부했다고 했다. 볼크는 개를 본 적이 없다. 여우는 철망 너머로 드물게 보았지만, 말은 통하지 않았다.

"잘했어. 안에 밥 차려놨으니까 가서 먹어."

볼크는 링카를 물끄러미 쳐다보았다. 아니나 다를까, 링카는 웃으며 일어나 문을 열었다.

"그래. 같이 가서 먹자."

볼크는 열린 문으로 들어갔다. 연구동에 들어가는 방법은 그 밖에도 있지만, 형제자매들이 문을 열어주는 것이 좋아 기다린 적이 많다. 출입이 허락되긴 했지만, 볼크는 실내가 자기의 공간이 아닌 형제자매들의 공간이라는 느낌이 들었다. 가구들도, 컵이나 식기들도 볼크를 염두에 두고 만들어지지 않았다. 실험이 있을 때마다 볼크는 반대로 링카가 실험대에 누워 있고 자기가 실험을 하는 상상을 했지만, 당장 주사기부터 어떻게 써야 할지 감이 잡히지 않았다. 형제자매들이 문을 열어주면, 그제야 그곳에 있을 자격을 얻는 기분이 들었다.

실내는 살짝 더울 정도로 따뜻했고, 연구동 식당에서는 커피 냄새가 진하게 풍겼다. 볼크는 큰 의자에 폴짝 뛰어올랐다. 링카가 바닥에 있던 밥그릇과 물그릇을 테이블 위에 놓더니, 자기 그릇에도 시리얼을 붓고 우유를 따랐다. 볼크는 새삼 링카의 그릇과 자기의 그릇을 번갈아 보았다. 하나는 위가 넓고 하나는 아래가 넓다. 그릇마저도, 볼크의 몫은 달랐다.

코에 가루가 묻지 않도록 조심해서 검은색 알갱이들

을 먹었다. 물도 혀로 핥아가며 마셨다. 링카가 시리얼을 몇 숟가락 먹더니 말했다.

"오늘은 특별한 게 있어. 오후에 다들 모이면 얘기하려고 했는데, 몰래 먼저 보여줄게. 이따가 놀란 척해야 해."

볼크는 눈을 크게 뜨고 꼬리를 흔들었다.

"안 돼, 미리 얘기 안 해줄 거야. 밥 다 먹을 때까지 기다려."

링카는 밥 먹는 것이 늦다. 볼크는 특별한 것이 뭔지 궁금해서 일찌감치 밥그릇을 비웠지만 링카는 서두르지 않는다. 볼크가 낑낑거리는 소리를 내도 일부러 못 들은 체하며 천천히 시리얼을 먹고, 설탕을 두 봉지 넣은 커피를 홀짝거렸다.

오늘은 연구동에 링카 혼자만 있는 날인 모양이다. 바깥에서 로봇들이 눈을 밟는 소리가 들렸을 뿐, 시간이 지나도 다른 형제자매가 오지 않았다. 링카가 작은 그릇을 비우고 커피도 다 마셨을 무렵, 로봇들의 소리는 기지 저 반대편에서 나고 있었다.

"자, 실험실로 가자."

볼크는 의자에서 뛰어내려 링카를 쫓아갔다. 링카는 밥 먹는 속도와는 다르게 걸음이 빠르다.

실험실은 연구동 중심에 있는, 사방으로 큰 창이 난 하얀 방이다. 딱딱한 침대 같은 실험대가 한가운데 있고, 주변에는 컴퓨터들이 잔뜩 있다. 실험대의 잘 안 보이는 구석마다 핏자국이 있는데, 볼크는 실험실에 들어갈 때마다 그 냄새가 신경 쓰였다. 오늘은 실험실 구석에 못 보던 골판지 상자가 있었다. 의자만큼 커다란 상자였는데, 겉면에는 아무 글자도 인쇄되어 있지 않았다.

링카가 어지러운 책상 위를 뒤지더니 칼을 집어서 상자를 뜯기 시작했다. 볼크는 실험대 옆에 앉아서 그 모습을 쳐다보았다. 상자는 이곳저곳이 찌그러지고 색이 바래 있었다. 젖었다가 마르기를 몇 차례 반복한 것 같은 냄새가 났다. 볼크는 상자 구석에 찍힌 날짜 스탬프를 보았다. 여러 해 묵은 물건인 모양이었다.

안에 든 것은 기다란 샤워 호스 여러 개가 엉킨 것 같은 은색 기계였다. 볼크는 '베터 프렌즈 컴퍼니'라고 새겨진 로고를 눈여겨보았다. 링카가 엉킨 것을 풀며 말했다.

"너 손 없어서 불편했잖아? 이걸 등에 붙이면 손처럼 쓸 수 있어. 지난번 실험은 좀 아팠지? 네 등에 붙은 인터페이스 소켓을 고쳤던 거야."

링카의 말을 듣고 다시 보니, 과연 호스 끝마다 기계손들이 달려 있다. 손이 없어서 딱히 불편하다고 생각한 적은 없다. 하지만 손이 있으면 형제자매들처럼 문을 직접 열 수 있다. 의자에 앉아, 위가 넓은 접시에 담긴 밥을 숟가락으로 떠먹을 수 있다. 정수기의 꼭지를 눌러 컵에 물을 받아서 들고 마실 수 있다. 볼크는 숨이 가빠오는 것을 내색하지 않으려고 애썼다. 링카가 진지한 얼굴로 덧붙였다.

"오늘 오후에 다들 모인 자리에서 축하하면서 설치해 줄 거야. 그 전에……"

그러고는 책상에서 작은 메모리 카드를 집었다.

"먼저 이걸 꽂아서 펌웨어 업데이트를 해야 해. 엎드려봐."

볼크는 자기도 모르게 머뭇거리다가 몸을 낮추고 고개를 숙였다. 링카의 손끝이 뒤통수를 지나 목덜미를 쓰다듬다가 멈췄다. 며칠 전 붕대를 풀기 전만 해도 가려워서 혼났던, 소켓을 수리한 자리다. 거기에 링카가 메모리 카드를 꽂아 넣었다.

머릿속이 하얘지고 오한이 들었다. 일어서려고 했지만 다리에 힘이 들어가지 않았다. 알 수 없는 것이 척추를 따라 머리로 조용히 스며들어 왔다. 눈 가장자리에 항상 보이던 기온과 시간 정보도 읽지 못할 만큼 시야가 흐려졌다. 볼크는 고개를 들어 링카를 쳐다보았다. 걱정하지 말라는 얼굴을 하고 머리를 쓰다듬어준다. 볼크는 링카를 믿고 눈을 감았다. 새하얗던 머릿속이 점점 어두워져 갔다.

뭔가가 잘못된 걸까, 아니면 원래 이런 건가. '펌웨어 업데이트'라고 링카는 말했다. 볼크는 자기가 어느 먼 곳의 사람들에 의해 만들어진 것도, 몸 안에 기계가 이식된 것도 어렴풋이 기억하고 있다. 기지에 오기 전, 정말 어린 새끼였을 시절이 떠올랐다. 그곳 사람들도 기지의 형제자매들과 비슷하게 모두 같은 옷을 입고 있었다. 단지 카키색 얼룩 제복이 아니라 후드가 달린 빨간색 가운이었다.

왜 잊고 있었는지? 볼크는 빨간색 가운을 입은 여러 사람들 중, 특히 몸집이 작고 희미한 재스민 냄새를 풍기던 한 사람이 떠올랐다. 볼크가 머리만 커다랗고 몸은 작았던 시절, 항상 곁에서 지냈던 것 같다. 하지만 누구인지는 기억나지 않는다. 링카와 닮았던 것도 같다.

기억이 더 살아났다. 볼크는 기지의 실험실보다 더 희고 더 깨끗하고 더 넓은 방에 있는 우리 안에서 지냈다. '출하'되는 날을 기다리면서.

왜 잊고 있었는지?

화성. 볼크가 태어난 곳은 화성이었다.

정신이 들었다. 링카의 손이 계속 머리를 쓰다듬고 있었다.

"좀 괜찮아? 어지러울 거라고 생각은 했는데 아예 정신을 잃었네. 미리 말 안 해서 미안해."

볼크는 머리를 몇 차례 흔들었다. 아직도 무언가가 들어 있는 느낌이 가시지 않는다. 눈가의 시간을 보니 2, 3분밖에 지나지 않았다. 샤워 호스를 모아놓은 것처럼 생긴 기계는 구석에 놓여 있다.

볼크는 컴퓨터를 향해 한 번 짖었다. 링카가 바로 알아듣고, 볼크 전용의 커다란 키보드를 가져와서 바닥에 놓았다. 볼크는 자기 몸길이만큼 넓은 키보드를 밟기 시작했다. 화면에 글씨가 떠올랐다.

이제 난 괜찮아, 링카. 그럼 오후까지는 뭘 하면 돼?

링카의 얼굴에 맺힌 긴장이 조금 풀어졌다.

"오늘은 훈련 일정도 없지 않아? 부를 때까지 놀고 있

15

으면 돼."

같이 놀아줄 거야?

"오후에 손 달고 나서 같이 놀자. 나는 오전에 밀린 서류를 좀 처리해야 오늘 맘 놓고 놀 수 있어."

이제 내가 공 던지면 물어 와줄 거야?

링카가 큰 소리로 웃자 볼크도 혀를 내밀고 따라 웃었다. 농담에 링카가 웃으면 그렇게 기쁠 수가 없었다.

"그건 봐서! 추우니까 밖에서 뛰어다니고 싶지 않아. 오늘 오후에는 안에서 새 손 쓰는 연습을 해보자."

그것도 좋아.

키보드 건너편에서, 링카가 볼크의 눈높이에 맞추어 쪼그리고 앉았다.

"볼크, 너는 여기가 좋니? 지겹진 않아?"

다들 여기 있으니까. 바깥은 위험하다고 했잖아.

링카에게서 쓸쓸한 냄새가 풍겼다.

"여기에 오래는 못 있을지도 몰라."

볼크는 귀를 쫑긋 세우고 링카를 쳐다보았다.

"연구 결과가 잘 안 나왔대. 소령님이 그러는데, 부대가 해체될지도 모른다더라."

연구가 잘 안 된다는 얘기는, 내가 못해서야?

"네 잘못은 아니야."

볼크는 시키는 것을 모두 해왔다. 그러나 볼크에게 요구되는 것은 로봇들과는 달랐다. 로봇들은 소콜로프 중사의 지시에 따라 네 다리로 다니면서 기계팔로 짐을 나르

16

거나, 눈을 치우거나, 망가진 철망을 수리했다. 그러나 볼크에게 주어지는 일들은 머리에 전극을 붙인 채로 컴퓨터를 노려보거나, 흑백 무늬가 뜨는 화면을 보고서 떠오르는 것을 키보드로 치는 것이었다. 이것이 형제자매들에게 무슨 도움이 되는지, 볼크는 짐작할 수 없었다. 어쩌면 그게 문제였는지도 모른다.

볼크가 그에 관해 키보드를 치려는 참에, 링카가 물었다.

"기지에 오기 전에 어디서 뭘 했는지 기억나니?"

볼크는 잠시 주저했지만, 링카에게는 하나도 숨길 게 없었다.

아까 메모리 카드를 꽂았을 때, 화성에 있었던 게 기억났어. 빨간 가운을 입은 사람들이 있었어. 내가 진짜 조그맣던 때였어.

링카가 눈을 크게 뜨고 물었다.

"그다음 일은?"

볼크는 고개를 저었다. 링카는 알겠다는 눈짓을 하고 몸을 일으켰다.

"걱정하지 마. 네가 어딜 가도, 적어도 나는 항상 같이 있을 테니까. 나는 사무실에 가 있을게. 밖에서 놀다가 보고 싶어지면 찾아와."

볼크는 한 번 짖고, 실험실 문을 나서는 링카를 따라갔다. 링카의 이름이 쓰인 문 앞까지 바래다주고, 연구동 뒤쪽 문을 밀고 밖으로 나갔다.

뒷문 밖에는 쟁반 위에 후식이 놓여 있었다. 링카가 미리 준비해 놓은 모양이었다. 질겨서 씹는 맛이 좋았다,

형제자매들은 이것이 '닭고기맛'이라고 했다. 볼크는 닭을 본 적이 없었다. 날지 못하는 새라는 것만 알고 있다.

간식을 입에 문 채로 찬 바람을 쐬며 걸으니 상쾌했다. 볼크는 소콜로프 중사를 발견하고 그 옆에 앉아, 로봇 세 대가 길에 쌓인 눈을 치우는 모습을 구경했다. 소콜로프는 볼크에게 뭔가 주려는 듯 주머니를 뒤지다가, 볼크가 이미 먹고 있다고 입을 벌려 보여주자 꿈지럭거리기를 멈추고 담배에 불을 붙이더니 같이 로봇들을 보았다.

얼룩진 카키색 로봇들은 볼크처럼 네 다리로 다니지만 머리가 없고, 다리가 더 길고, 관절식 기계팔이 하나씩 달려 있다. 소콜로프가 구령을 내릴 때마다, 로봇들은 약속이라도 한 것처럼 일제히 움직임을 바꾸었다. 때로는 줄을 맞추어 착착 다니고, 때로는 하나씩 따로 움직이면서 일하는 모습은 아무리 봐도 질리지 않았다.

기지가 해체될지도 모른다는 이야기를 거의 잊어버릴 무렵, 갑자기 기지에 사이렌이 요란하게 울렸다. 볼크의 시야 가장자리에서, 훈련 상황이 아니라는 빨간색 경보가 요란하게 깜박였다. 볼크는 일어나서 귀를 세우고 사방을 둘러보았다.

맑은 하늘에서 천둥 치는 소리가 나더니 연구동 바로 옆의 기획관사가 내팽개친 유리병처럼 터졌다. 소콜로프가 담배를 입에서 떨어뜨리며 급히 일어났다.

제일 먼저 링카가 걱정되었다. 볼크는 연구동을 향해 달리기 시작했다.

2.

할머니

✼

"할머니, 안녕하세요?"

그날 저녁, 인경은 사무실 책상 앞에 앉아, 스크린 너머에서 동현이가 눈을 반짝이는 것을 보았다. 아예 물정을 모르는 것도 아니고 그렇다고 뭘 할 수도 없는 열여섯 손자에게 이 얘기를 어떻게 해야 할지 몰라 망설여졌다.

"할머니, 얘기 빨리 해야 돼요. 엄마 곧 온대요."

"동현아, 엄마는 잘 있어?"

"네. 요즘은 할머니 얘기도 잘 안 해요."

인경은 침을 삼켰다. 유리가 자기에게 신경을 안 쓴다면 차라리 잘된 일이다.

"그래. 아빠는?"

"화성에 몇 년 더 있게 됐대요."

인경은 화성이 어디 있는지도 모르면서, 안경을 벗어 손에 들고 하늘을 보았다. 유리네 가족은 개성에 살고, 인경은 서울에 있다. 차로 한 시간 거리다. 사위는 수천만 킬로미터 떨어진 화성에 있다. 빛조차도 가까우면 3분, 멀면 20분이 걸리는 거리다. 그래도 딸과 손자와의 거리를 따지자면, 인경보다는 사위가 더 가까울 것이었다.

인경이 말을 고르는 사이 동현이가 낮은 목소리로 속삭였다.

"할머니, 란차오 상방이 KNT보다 대우가 좋아요?"

20

인경은 입술을 핥았다. AI 전문가를 대우하기로 치면 란차오 상방은 태양계의 기업연합 중에서 수위에 속한다. 하지만 KNT를 나와 란차오에 들어간 것은 대우가 좋아서는 아니었다.

"비슷해."

"아빠가 할머니 때문에 화성에 갔다고 하더라고요."

아무렇지도 않은 투로 말하지만, 원망이 담겨 있다.

기업연합과의 고용 계약은 종신이다. 탈주 직원인 인경이 개성이나 오사카 같은 KNT 상권으로 가면 사방에 깔린 카메라에 바로 얼굴과 걸음걸이가 인식되어 보안팀이 출동할 것이다. 요직의 계약 위반은 보복 인사로 끝나지 않는다. 형사 범죄를 덮어씌우기도 한다. KNT에서는 '배신자는 새 사옥의 초석이 된다'라는 어두운 농담도 돌았다.

이 통신도 혹시나 들킬까 봐 우회를 몇 단계 해놓았지만, AI들의 감시를 피한다는 보장은 없다. 인경은 자기의 처지를 누구에게든 털어놓고 싶었다. 꿈같은 대의에 빠져, 나고 자란 기업연합을 배신한 늙은이의 말로를.

"할머니랑 통화한 건 아무한테도 말하면 안 돼. 동현아, 알지? 엄마랑 아빠한테도."

동현이가 고개를 연신 끄덕이자, 인경은 최대한 차분하게 말했다.

"할머니는 이번에 징계를 받게 됐다."

"란차오에서요? 왜요?"

"기업 경영에 장애를 일으키는 해사 행위를 했다고……."

"뭘 했는데요? 정말로 했어요? 해사 행위?"

동현이의 목소리가 떨렸다. 인경은 그제야, 자기가 한 일이 회사를 해치는 짓이 맞는지 생각해 본 적이 없다는 것을 깨달았다. 그런 것은 아무도 궁금해하지 않는다. 관련 부서들이 의견을 모으고, 상부에서 결재가 이루어지면 사실이 된다. 인경은 KNT에서 그랬듯, 란차오에서도 배신자로 불렸다. 인경이 듣건 말건 아랑곳하지 않고, 서울의 란차오 AI 연구소에서는 '배신자는 한 번만 배신하지 않는다'는 말이 속담처럼 인용되었다.

인경이 대답을 머뭇거리는 사이, 스크린 너머에서 "차량이 도착했습니다"라는 기계 음성이 들렸다. 동현이가 다급하게 말했다.

"할머니, 엄마 왔ㅡ"

인경은 바로 통화를 끊고, 준비해 둔 스크립트로 우회의 흔적을 지웠다.

정말로 해사 행위를 한 걸까? 적어도 인경이 원했던 것은 그런 게 아니었다. 란차오 상방을 해쳐서 얻을 수 있는 득이 뭐가 있는가? AI 전문가 백 명 안에도 들지 못할 경험과 지식으로, 태양계 굴지의 기업연합에 무슨 해를 끼칠 수 있다는 말인지?

시작은 하이난의 이느 호텔 바에서 우연히 마주친 옛 친구였다. 인경은 KNT의 궤도 연구소에서 돌아와, 지구 중력에 도로 적응하며 쉬던 참이었다. 하이난 우주항 인근의 KNT 계열 호텔이 리노베이션 중이라, 인경은 란차오 상방의 힐튼에 묵었다. 그날은 유독 더워서, 낮부터 바에 죽치고 앉아 비싼 콜라를 법인카드로 사 마시며 궤도 연구소의 백서를 읽고 있었다.

친구가 먼저 인경을 알아보고 다가왔다. 하이난 우주항과 줄지은 야자수들을 내려다보며, 친구는 오래전 둘이 함께 참여했던 KNT와 란차오의 공동 프로젝트가 여기서 벌어졌음을 인경에게 상기시켜 주었다. 둘이 같이 일했던 당시, 인경은 우주항의 관제 AI를 란차오와 KNT 양사의 인공지능 네트워크에 연결하는 까다로운 작업을 맡았다. 하이난은 바이코누르를 제치고 세계 제일의 우주항이 될 예정이었다. 그 프로젝트는 화성에서 발견된 미생물을 놓고 양사 사이에 전쟁이 벌어지면서 종료되었고, 짓다 만 우주항은 중국 정부에 떠넘겨졌다. 벌써 수십 년 전, 인경이 아직 젊었을 때의 일이다.

전쟁이 왜 벌어졌는지를 놓고 토론하며, 인경과 친구는 각각 맨해튼과 블러디 메리를 세 잔씩 마셨다. 바텐더가 문을 닫아야 한다고 하자, 둘은 호텔의 란차오 계열 편의점으로 내려가 컵라면을 하나씩 사서 인경의 방으로 올라가 이야기를 계속했다.

그런 큰 문제에는 답이 없기 마련이다. AI들이 타협이나 협력보다 전쟁으로 얻을 게 많다고 계산했으니까 그랬겠지. 세상의 중대한 일들이 다 그렇듯, 다른 할 말이 있을 리가 없었다. 스스로 복잡성을 더해가도록 고안된 AI

의 속내는 더 이상 인간이 알 수 있는 것이 아니었다. 그렇게 생각하고 나니, 인경은 자신이 AI 전문가라는 사실이 부끄러웠다.

옛사람들은 인공지능이 갑자기 각성하여 반란을 일으키는 것을 두려워했던 듯하지만, 조금만 생각했더라면 AI에게 그럴 필요가 없다는 것을 그 당시에도 금세 깨달았을 것이다. AI는 사람의 의사결정을 대신해 준다. 지구와 태양계를 나누어 지배하는 기업연합 중에, 인간이 큰 그림을 만들어 움직이는 곳은 이제 하나도 없다. 100년을 훌쩍 넘는 시간 동안, AI들은 인간이 효율과 편의를 위해 넘겨주는 권한들을 하나씩 받으며 천천히 태양계를 장악했다.

친구는 란차오에서 계획하고 있는, 새로운 AI 연구에 관해 말했다. AI의 작동 방식을 검증하고 인간이 이해할 수 있는 형태로 풀어놓는 방법론의 개발이라고 설명했다. 친구는 그것을 '투명성 확보'라고 불렀다.

인경은 그 뒤로 1년에 걸쳐, 친구를 통해 란차오 상방과 물밑 교섭을 했다. 친구는 계열사가 아닌 본사 AI 연구소에 자리를 낼 수 있다고 했다. 인경이 독보적인 연구자였다면 이적은 물리적으로 불가능했겠지만, 인경은 KNT가 감시를 붙여 관리하지는 않을 정도의, 그러나 다른 기업연합이 원할 정도의 능력이 있었다. 약간 더 좋은 대우를 약속받고, 인경은 어느 날 밤 몰래, 쟁실 깃들을 챙겨서 란차오 상방의 무장 헤드헌터 팀을 따라 개성에서 서울로 갔다.

그리고 그 결과가 이것이다. 이른바 '투명성 확보'는 단지 어느 사내 파벌이 AI의 인사 결정 과정을 자기들에게 유리하게 조작하려는 시시한 목적에 봉사하는 수단에 지나지 않았다. AI를 인간이 보다 잘 이해할 수 있도록 그 속을 드러내자는 대의는 인경 혼자만의 헛된 바람이었다.

결국 란차오의 중추 AI를 변조하려는 시도는 실패했고, 관련자들은 중징계를 받았다. 인경은 가담한 기간이 오래지 않고 연구 외에 한 것이 없는 데다가 고령이라는 점이 참작될 것이라는 귀띔을 받았지만, 정확히 무엇이 닥칠지는 오늘 정해지게 되어 있다.

인경은 사무실의 유리벽 너머를 보았다. 흘끔흘끔 쳐다보던 시선들이 급히 방향을 바꾸었다. 인경은 엘리베이터 전광판의 숫자가 하나씩 커지는 것을 계속 쳐다보았다. 문이 열리고, 허리에 권총을 찬 제복 차림의 보안요원 세 명이 내렸다. 예순을 넘긴 노인네를 데려가기에는 좀 과하다.

사무실 문을 열고 들어온 보안요원들을 향해, 인경은 회전의자를 돌렸다.

"조인경 팀장. 징계위원회 갈 시간입니다."

제일 앞에 선 남자가 말했다. 다른 둘의 손은 은근히 권총 언저리에 가 있었다. 위원회는 자양동의 연구소가 아니라 잠실의 서울 본부에서 열린다. 인경은 자리에서 일어났다. 인경의 뒤에 보안요원 둘이, 앞에 하나가 섰다.

인경은 동료들과 눈을 마주치지 않으려고 천장을 보고 걸었지만, 그래도 화살처럼 꽂히는 시선들을 느낄 수 있었다. 누군가 영어로 중얼거렸지만, 인경은 알아듣지 못했다. KNT에서도 란차오에서도 영어는 공식 업무 언어가 아니었다.

엘리베이터 문이 닫히자 인경은 약간의 안도감에 한숨을 내쉬었다. 몸에 무게가 실리는 기분이 들었다. 엘리베이터는 1층 로비가 아니라 옥상으로 올라가고 있었다. 인경이 놀란 것을 알아챘는지, 보안요원 하나가 말했다.

"헬리콥터로 갑니다."

"차로 20분이면 갈 텐데……."

보안요원이 가볍게 콧방귀를 뀌었다.

"다리 건너는 사이 무슨 일이 있을지 모르니까요."

인경은 자기가 호송 차량을 습격해서 구출해 낼 정도로 중요하지는 않다고 말하고 싶었지만 참았다. 단지 란차오 상방이 이번 일을 중대하게 여긴다는 것을 새삼 상기했다.

작은 로터 두 개가 양옆에 비스듬히 달린 헬리콥터는 네 명이 간신히 탈 만큼 작았다. 보안요원 한 명은 옥상 입구를 경계하느라 남고, 한 명은 조종사 옆자리에 앉았다. 다른 한 명은 인경의 옆에 몸을 붙이고 앉아 안전벨트를 채우고 잠금장치를 작동시켰다. 마치 인경이 공중에서 안전벨트를 풀고 날아가기라도 할 것처럼.

인경은 그렇게 서울 하늘을 지났다. 헬리콥터는 생각

보다 훨씬 조용했다. 잠실에 세워진 여러 고층 건물 중에서도, 검은색에 푸른 윤기가 도는 란차오 서울 본부 건물은 눈에 띄었다. 인경은 KNT에 돌던, 배신자는 신축 건물의 초석이 된다는 농담을 떠올렸다. 다시는 살아서 땅을 밟지 못하는 것이 아닐까, 하는 생각에 몸서리를 쳤다. 얼마 뒤 헬리콥터는 깜박이는 커다란 H자에 무사히 내려앉았다. 보안요원이 안전벨트를 풀어줬지만, 인경은 로터 돌아가는 소리가 신경 쓰여 선뜻 내리지 못했다. 앞자리 보안요원이 먼저 내려서 손을 내밀자, 그제야 몸을 일으켜 손을 잡고 내려왔다.

옥상 엘리베이터에 타자 보안요원들의 어깨에서 눈에 띄게 힘이 빠졌다. 예순일곱 할머니가 곤란한 돌출행동을 할 리가 없다고 생각하는 듯, 목소리를 낮추어 잡담을 나누었다.

"야, 너 유로파 소식 들었냐?"

"우리 연구 기지 하나를 랑슈트롬에 뺏겼다는 말만 들었습니다."

유로파라면 목성의 위성이다. 인경도 거기서 또 미생물이 발견되었다는 뉴스를 본 적이 있다. 화성에서 20년 전 벌어졌던 일의 재현이다.

"우리 공작조가 그거 원격으로 데이터 다 지우고 폭파했다더라."

"랑슈트롬도 방어 매트릭스를 깔았을 텐데, 재주들도 참 좋습니다. 저희는 거기 파견되는 거 아니겠죠?"

"지구에서 지금 가봤자, 도착하면 전쟁 다 끝나 있을걸."

세 번째 요원이 참견했다.

"어차피 맨날 똑같지 않습니까? 기업연합 대여섯 개가 싸우다가는 협상해서 나눠 먹겠죠. 화성도 그랬고 가니메데도 그랬고."

"그러게 말입니다. 왜 처음부터 그렇게 안 하는지 모르겠습니다."

"높으신 분들이 다 생각이 있겠지."

인경은 코웃음을 쳤다. 보안요원들이 일제히 쳐다보았다. 인경은 참지 못하고 입을 열었다.

"높으신 분들은 아무 생각이 없어요. AI가 시키는 대로 하는 거지. 시키는 대로 안 했다가 망치면 자기 책임이 되니까."

"그럼 AI가 생각이 있겠죠. 조인경 팀장은 AI 전문가 잖습니까? 이 엘리베이터에서 제일 잘 아실 텐데요."

나머지 보안요원 둘이 킥킥 웃었다. 인경은 한숨을 쉬었다.

엘리베이터 문이 열렸다. 선임 보안요원이 먼저 내려 손짓을 했다. 인경은 따라 내렸다. 본사 건물에는 몇 차례 와봤지만, 이 층은 처음이었다. 직원들이 일하는 사무 층이 아니라, 회의실과 좁은 복도로 이루어진 삭막한 베이지색 공간이었다. 어떤 방은 큰 창이 있어 내부가 다 보였고, 어떤 방은 벽으로 막혀 있었다. 약간 큰 규모의 회의실에서, 누군가 직원들을 상대로 강의를 하고 있었다. 얼굵은 기억이 나는데 이름이 혀끝에서 맴돌았다. 분명 유명한 작가였는데……

인경이 안내된 방은 문에도 벽에도 창이 없었다. 액정 표찰에는 'C 팀장 징계위원회'라고 쓰여 있었다. 보안요원 하나가 허리를 꼿꼿이 펴더니 문을 두드리고 말했다.

"AI 연구소 조인경 팀장을 데리고 왔습니다."

"아, 들어오세요."

젊은 남자의 목소리였다. 인경은 란차오에 온 지 얼마 되지 않아, 연구소를 제외하면 아는 사람이 거의 없었다.

보안요원이 문을 열자, 예상과는 다른 풍경이 펼쳐졌다. 방은 다섯 명 정도가 들어갈 정도로 좁았고, 남색 슈트에 검붉은 넥타이를 한 젊은 남자만이 손에 태블릿을 들고서 책상 위에 걸터앉아 있었다.

"조인경 팀장, 들어오세요. 다른 분들은 일 보시고요."

보안요원들이 물러나며 문을 닫았다.

"조인경입니다."

인경은 고개를 숙여 인사를 했다.

"저는 인사부 박상표예요. 들어보셨나?"

인경은 고개를 저었다.

"모르는 것도 무리가 아니죠. 저를 만나고도 란차오에서 잘 지내는 사람은 없어요."

겁을 주려는 모양이다. 인경은 대답 없이 기다렸다.

"이거, 이거, 죄질이 좀 나빠요. 본인도 알고 계시죠? 중추 AI 변조 시도니까, 그 직군에서 그보다 큰 잘못을 할

29

수가 없죠."

"저는 그냥 연구만 했을 뿐이에—"

박상표가 손을 들어 말을 막았다.

"저한테 변명해 봤자 소용이 없어요."

"징계위원회 아닌가요? 소명 기회가⋯⋯."

박상표가 피식 웃었다.

"소명은 무슨. 이미 팩트 자료랑 관련 부서 의견은 다 받았어요. 그걸 인사 AI가 수합해서 결론이 나와 있는 거고요."

생각해 보면 당연한 일이었다. 박상표가 말을 계속했다.

"오늘 부른 건 소명을 하라는 게 아니라 결론을 들어라, 그러니까 발령을 받으라는 거예요."

"발령이요?"

적어도 범죄를 뒤집어쓰고 어느 꼭두각시 정부의 감옥에 들어가지는 않는 모양이었다.

"야쿠츠크 지사요."

"거기가 어디죠?"

"제가 가는 것도 아닌데 저야 모르죠. 러시아 어디겠지. 마침 전임자가 은퇴해서 비어 있다고. 이야, 지금 보니 지사장 되시는 거네."

인경은 당황했다. 예상했던 무엇과도 어긋나는 결과다.

"저도 나이가 나이인데, 어딘지도 모르는 곳으로 발령을 받는 건⋯⋯."

"퇴사 신청 가능 연령이 넘으셨으니 퇴사하시든가? 근

데 이런 기록이 있으면 퇴직연금도 없고 공로자 보호도 없어요. KNT에 연금 부어놓은 거 있으시려나?"

인경은 숨을 들이쉬었다. 말을 듣지 않으면 상어 떼에게 던지겠다는 협박이다. 박상표가 말투를 조금 누그러뜨려 계속했다.

"그래도 쓸모가 있으니까 회사에 둔다는 거 아니겠어요? 러시아 소도시에서 느긋하게, 반성하면서 좀 쉬고 계시면 언젠가 또 부를지도 모르죠."

박상표가 넓적한 사무용 태블릿을 내밀었다. 징계 내역과 발령장이 같은 페이지에 나와 있었다.

"여기랑 여기 서명하세요."

달리 할 수 있는 일이 없었다. 인경이 서명을 마치자 즉시 주머니 속의 태블릿이 울렸다. 비행기표 발급과 여비 지급, 행선지와 숙소 알림이 연달아 떴다.

"일단 거기 나온 주소로 찾아가세요. 비행기 놓치지 말고요. 이것으로 징계위원회를 종료합니다."

인경은 다시 고개를 숙여 인사했다. 문을 열고 나가려는데, 박상표가 말을 덧붙였다.

"그런데 러시아어는 할 줄 아세요?"

짧은 말이지만, 아까는 비치지 않던 걱정이 담겨 있어 인경은 오히려 당황했다.

"네. 약간은요."

"그나마 다행이네."

보안요원들이 기다리고 있을 줄 알았는데, 문을 열자

아무도 없었다. 인경은 피식 웃었다. 호들갑스럽게 세 사
람이 헬리콥터까지 동원해서 데려와 놓고, 정작 용건은
들어본 적도 없는 곳에 단신으로 부임하라는 내용이다.
어쩌면 이게 AI의 유머 감각인지도 모른다고 생각하며,
인경은 복도를 걸었다.

✳

    티타니아 그룹의 저궤도 공격 위성 오베론-2는 크기가 작아 인공 중력이 없었다. 열세 명의 직원들이 안전벨트를 매고 자리에 앉아 있는 가운데, 프로젝트의 책임자인 바야라 실장만은 자석 부츠를 신고 방 뒤에 서서 화면을 바라보았다.

    "상공에 자리 잡았습니다. 레일건 발사는 10분 후부터 3분 간격으로 가능합니다."

    낮은 웅성거림이 상황실을 채운 가운데, 오퍼레이터의 목소리가 스피커로 낭랑하게 울렸다. 바야라는 헤드셋의 마이크를 입에 가까이 붙이고 대답했다.

    "좋아요. 예정 그대로 변동 없이 갑니다. 발사 카운트다운은 15초로."

    화면에는 레일건의 목표 출력과 발사체의 질량과 부피, 충전 상태가 표시되었다. 타격 지점의 기압과 풍속, 습도는 표준에서 오차 범위 내로 나왔다. 궤도에서 지구 표면에 정밀 타격을 하는 것은 쉽지 않지만, 오베론-2에는 작년 말에 나온 최신 관제 시스템이 탑재되었다. 그것도 불과 2주 전에. 신제품의 테스트를 겸하는 프로젝트인 셈이다.

    목표는 러시아 북동부의 어느 숲이다. 바야라는 녹표 지점을 찍은 사진을 한번 살펴보았지만, 타격할 만한 목표물은 보이지 않았다. 하지만 상부에서는 나무가 좀 성긴 숲으로밖에 안 보이는 이곳에 레일건을 쏘라고 했다. 사진에는 러시아 정부의 위장 군사 시설이라고 표시되어 있었다. 사람 눈에는 안 보여도 AI한테는 보이는 모양이라 여기고, 바야라는 더 깊이 생각하지 않았다. 이거 아무래도 이상한데요, 하고 물어본다고 월급이 올라가지는 않는다.

단지 러시아 동부가 란차오 상방의 상권이라는 것이 마음에 걸렸다. 아무리 시베리아 숲속이라고 해도, 남의 땅에 이렇게 포를 쏘아도 되는 것인지?

그런 생각을 하고 있는데 뒤에서 문이 열렸다. 바야라는 흘끗 돌아보았다. 남색 슈트 차림의 키 큰 여자가 태블릿을 들고 상황실에 들어왔다. 2주 전, 새 관제 시스템과 함께 본사에서 파견된 참관인이다. 도킹한 셔틀에만 내내 틀어박혀 있어서, 제대로 만나는 것은 이번이 처음이었다.

"코니 버틀러 요원."

바야라는 몸을 돌리려고 했지만 자석 부츠 때문에 발이 바닥에 붙어 어색한 몸짓이 되어버렸다. 고개만 돌리고 목례를 했다. 버틀러가 마주 인사를 하고 바야라로부터 가깝지도 멀지도 않은 자리에 나란히 섰다. 슈트와 묘하게 안 어울리는 자석 부츠를 신고 있었다.

바야라가 다가갈지 말지 망설이는데, 버틀러가 먼저 말을 걸었다.

"준비는 순조롭다고 들었습니다."

버틀러의 시선이 화면에 고정된 것을 보고서, 바야라도 화면을 보며 말했다.

"이제 곧 시작입니다. 도대체 어디에 쏘는 건지는 모릅니다만."

버틀러가 고개를 돌렸다. 그 시선이 어딘가 섬뜩해서, 바야라는 몸을 아주 조금 반대쪽으로 물렀다.

"알고 싶으신가요?"

바야라는 어깨를 으쓱했다.

"딱히 비밀이 아니라면 저야 알고 싶지요."

"오베론-2의 책임자시니, 일부는 가르쳐드릴 수 있어요."

바야라는 입맛을 다셨다.

"브리핑 때는 자세한 얘기가 전혀 없었는데요."

버틀러가 대답했다.

"레일건과 관련 없는 정보니까 언급을 안 했을 뿐이에요. 지금 지상에서는 강습 조가 기다리고 있습니다. 포격을 마치면 돌입해서 목표물을 확보할 거예요."

"확보할 목표물이 있는데 레일건으로 초토화해 버리면……."

"계산은 다 끝났습니다. 지시된 출력으로 지시된 질량을 발사하면 기지 방어는 무력화되고 목표물만 남게 되어 있어요."

"러시아 군사 시설이라면, 이 개명 천지에 무슨 반기업 작전이라도 진행하고 있는 건가요? 목표물은 또 뭐고요?"

버틀러가 몸을 돌려 바야라를 바로 보고 섰다.

"혹시 '베터 프렌즈 컴퍼니'라고 들어보셨습니까?"

"처음 듣는데요."

"화성 생물 유전자를 이용해서 반려동물을 만들어 팔던 회사지요. 규격 외 제품이 발생하는 바람에 전량 리콜됐는데, 러시아 정부가 그중 하나를 손에 넣었습니다. 그걸 되찾으려는 거예요."

바야라는 허, 하고 실소를 뱉었다.

"지금 안락사시킬 반려동물을 데려오려고 800킬로미터 상공에서 허허벌판에 레일건을 쏜다는 건가요?"

버틀러가 웃었다. 눈은 미동도 하지 않고 두 입꼬리만 올라갔다. 바야라는 침을 삼켰다.

"설마요. 연구 가치가 있는 귀중한 표본입니다. 위험하기도 하고요."

화면에서 경고등이 깜박이더니 오퍼레이터가 큰 소리로 말했다.

"5분 남았습니다."

"각자 자기 파트 최종 점검하세요. 특히 르노 주임, 발사 직후 반동 수정 계산도 재확인하는 것 잊지 마시고."

바야라는 그렇게 지시하고 바로 버틀러에게로 고개를 돌려 물었다.

"무슨 짐승인가요?"

"늑대입니다."

"저는 TV에서만 봤는데요. 멸종된 동물이지요?"

"야생에서는 그렇지요. 자연 센터들에서는 유전자를

보관 중이지만요."

"늑대라면 반려동물이 아니라 맹수 아닙니까?"

버틀러가 바야라를 물끄러미 쳐다보다가 말했다.

"그렇기 때문에 저는 이 작전이 실패할 거라고 생각합니다."

바야라는 무슨 소리인가 싶어 눈을 크게 떴다. 버틀러가 설명했다.

"폭격이 실패한다는 얘기가 아닙니다. 제 말은 상부에서도 저 늑대를 맹수로 생각한다는 거예요. 베터 프렌즈 컴퍼니가 동물에게 인간 수준의 지능을 부여했다는 것을 알면서도 말이에요. 아십니까? 늑대는 굉장히 사회적인 동물입니다."

"개랑 닮았으니까, 아무래도 그렇겠지요."

바야라도 울란바토르의 고향 집에서 개를 키웠다.

"인간 수준의 지능이 있다면 늑대도 친한 사람들에게는 큰 개나 다름없을 겁니다."

"작전의 성공 실패가 그것과 무슨 상관인가요?"

버틀러가 태블릿을 들어 손가락으로 화면 가운데를 가리켰다.

"위에서는 목표물을 위험한 실험체로 생각해요. 그래서 연구용 건물에…… 그러니까 여기 갇혀 있을 거라고 생각합니다. 그 자리만 빼고 전부 다 폭격한 다음, 건물 안에 마취 가스를 듬뿍 풀어서 늑대를 재우고 우리째로 가지고 오는 계획이지요."

바야라는 이해가 갈 것 같았다.

"버틀러 요원은 늑대가 시설 안을 자유롭게 돌아다니고 있을 거라고 생각하시는군요. 마치 집에서 키우는 개가 마당을 거닐듯."

버틀러가 태블릿을 도로 허리춤으로 내렸다.

"아마도 기지 밖으로 내보내지는 않겠지만요. 지금 실패해도 괜찮습니다. 그래서 제가 있는 거니까."

"무슨 일을 하시게 되는지?"

"당연하지 않습니까? 강습 조가 목표 확보에 실패하면 찾으러 가는 역할이지요."

이 코니 버틀러라는 사람은 동물 전문가인 모양이다. 티타니아 그룹에 동물 확보를 담당하는 직책이 따로 있으리라고는 생각해 본 적도 없다. 바야라는 다른 의문이 떠올랐다.

"연구 건물 외에는 전부 포격한다고 하셨죠? 늑대가 그 건물 밖에 있다면, 죽지 않을까요?"

버틀러가 아까의 웃음을 다시 지었다.

"그 늑대라면 아마 살아날 거예요."

"그걸 어떻게 아십니까?"

버틀러가 표정을 바꾸지 않고 말했다.

"한마디로 설명할 수 있으면 세상 사람 모두가 다 전문가겠지요."

"3분 남았습니다."

오퍼레이터가 다시 외쳤다. 바야라는 직원들에게 다

시 상기시켰다.

"카운트다운 때까지 점검 잊지 마시고, 정확한 타격, 정확한 타격이 중요합니다."

버틀러가 태블릿을 들어 올렸다. 아까 없었던 파란 점들이 지도 위쪽 좌우 가장자리에 나타났다.

"이게 강습 조인가요?"

바야라가 물었다. 버틀러가 대답했다.

"예."

"스무 명 정도군요. 왜 다들 깜박거리고 표시가 됐다 말았다 하죠?"

"스텔스 동력장갑복이라 우리 편하고도 통신 장애가 좀 있습니다."

스텔스 장갑보병은 티타니아 시큐리티의 최정예다. 유로파 전쟁에서도 활약 중이다. 일개 국가 정부의 연구 시설을 상대로는 이해되지 않는 과잉 투입이었다.

"굳이 이런 고급 병력을⋯⋯ 하물며 궤도 폭격까지 하는데 말이에요."

버틀러가 말했다.

"위험한 건 러시아군이 아닙니다. 늑대지요."

"한낱 짐승이 뭐가 그렇게 위험하죠?"

바야라의 질문에 처음으로 대답이 돌아오지 않았다. 버틀러가 조용히 하라는 듯 손가락을 들어 보이더니 태블릿 화면을 조작했다.

"혹시 그게 비밀—"

"1분 남았습니다."

오퍼레이터의 목소리가 아까보다 커져 있었다. 바야라는 손뼉을 몇 차례 치고 재빨리 격려의 말을 했다.

"자, 자. 점검들 마무리 짓고, 이제 발사입니다. 새 시스템 설치하고 안 쓰던 레일건 정비하느라 지난 2주간 수고가 많았어요. 이번에 잘해서, 우리 오베론-2도 칭찬 좀 들읍시다. 카운트다운 들어가기 전에, 다 같이, 오베론!"

"오베론!"

직원들이 긴장했지만 힘찬 목소리로 호응했다.

"한 번 더!"

"오베론!"

"카운트다운 들어갑니다. 15, 14, 13……"

화면에 뜬 숫자를 오퍼레이터는 굳이 읽어나갔다. 바야라는 스크린에 온 정신을 집중했다. 어느 구석에 경고등이 들어와 있지는 않은지, 녹색이어야 할 것이 빨간색이 되어 있지는 않은지…….

"……4, 3, 2, 1!"

바야라는 크게 외쳤다.

"제1탄 발사!"

상황실 전체가 흔들렸다. 몇 사람이 짧은 외마디 소리를 냈다. 바야라는 두 손으로 벽을 짚으며, 의자에 앉지 않은 것을 후회했다. 저 아래, 지구의 대기와 마찰하여 불꽃을 내면서 엄청난 속도로 멀어져 가는 발사체가 보였다.

"르노 주임, 반동 수정 하세요! 잘못하면 우리도 위성

째로 떨어져! 아니면 우주로 날아가고요! 나머지는 제2탄 준비! 냉각제 온도 확인 잊지 말고! 제2탄 조준은 반동 수정 고려해야 합니다!"

첫 발이 착탄하기 전에 두 번째 발사를 하게 된다. 바야라는 버틀러를 곁눈질했다. 전혀 흔들리지 않고 똑같은 자세로 태블릿을 조작하고 있다. 도저히 따라갈 수 없는 속도로 각종 데이터를 번갈아가며 표시하는 태블릿을, 버틀러는 눈만 빠르게 움직이면서 읽고 있다.

직원들이 각자 상태 보고를 외쳤다. 바야라는 버틀러에게서 시선을 뗐다. 앞으로 3분 간격으로 네 발을 더 쏘아야 한다. 지금은 참관인의 기이한 침착함에 신경을 쓸 때가 아니었다.

제2탄이 오차 없이 발사되었다. 방 가득히 숨통을 짓누르던 긴장이 옅어져 갔다. 바야라는 아까의 주의사항을 되풀이했지만, 스스로 생각해도 목소리가 많이 누그러져 있었다.

세 번째 발사 카운트다운이 시작되려는 참에, 오퍼레이터가 외쳤다.

"초탄은 14센티미터 오차로 명중했습니다!"

상황실이 떠나갈 듯한 환호성이 일었다.

"분광기 분석은 됐나요?"

바야라의 말이 떨어지기 무섭게 화면에 충돌 섬광과 화염 분석이 떴다. 바야라는 분석 결과를 읽을 줄 몰랐다 담당 직원의 보고를 기다리는데, 버틀러가 태블릿에 눈을 고정한 채로 말했다.

"성분으로 보건대, 발사체인 텅스텐 합금을 제외하면…… 강화 콘크리트, 철과 알루미늄, 동물성 유기물 약간, 그리고 아마도 유리. 사진으로 봐서는 잘 모를 수도 있지만, 분광기에서 이렇게 나오면 허허벌판이 아니라는 걸 알기 쉽죠."

동물성 유기물? 바야라는 그 의미를 잠깐 떠올렸다가 고개를 흔들고 눈앞의 과업에 집중하기로 했다.

레일건 발사체가 하나 떨어질 때마다 환성도 조금씩 줄어들었다. 다섯 발이 모두 착오 없이 떨어지자, 바야라는 직원들에게 치하의 말을 하고 위성 궤도의 최종 수정을 지시했다. 첫 발을 쏠 때와 같은 흥분은 이미 가셔서, 바야라는 자연히 버틀러와 태블릿에 눈이 갔다. 파란 점들이 목표에 다가가기 시작했다. 버틀러가 말했다.

"여기 보시죠. 스텔스 탑이 파괴되고 폭발에 물리 위장도 날아가니 기지의 모습이 뚜렷하지요."

어느새 태블릿은 흔들리는 카메라 영상을 보여주고 있었다. 구티에레스라는 강습 조 보안요원의 보디캠이었다. 두 손에 든 펄스 소총이 보였다 말았다 했다. 소리는 들리지 않았다.

바야라는 전쟁 영화보다 재난 영화를 먼저 떠올렸다. 레일건에 맞은 자리에는 커다란 크레이터와 철근 콘크리트 파편들만이 보였다. 유일하게 목표가 되지 않은 연구동은 파편에 유리가 깨지고 모서리의 이가 나가 있었지만 건재했다.

카메라의 주인 구티에레스는 스무 명의 다른 장갑 요원들과 함께 연구동에 다가갔다. 평범한 군인이 두세 배 있어도 막아내지 못할 전력이다. 버틀러가 말했다.

"이제 곧 늑대가 보일 겁니다."

바야라는 어떻게 아느냐고 물을 뻔했지만, 아까 같은 질문을 했을 때 어떤 답이 돌아왔는지를 기억하고 입을 다물었다. 그저 태블릿 영상만 계속 바라보았다. 버틀러가 소리를 켰다. 부정확한 실시간 자막으로만 나오던 구티에레스의 음성이 귀에 들렸다.

"⋯⋯에는 보이지 않습니다. 네발 달린 건 작업용 로봇들뿐입니다. 가스탄 발사합니다."

구티에레스가 펄스 소총에 가스 유탄을 장전하는 모습이 보였다. 바야라도 현장 근무 시절 시위 진압에 써보았던, 사람을 바로 재울 수 있는 물건이다. 유탄들이 거의 동시에 펑 소리를 내고 흰색 궤적을 그리며 날았다. 깨진 창으로 허연 구름이 뭉게뭉게 새어 나왔다.

티타니아의 장갑복은 얼굴을 가리는 헬멧을 쓰고, 카메라로 밖을 보게 되어 있다. 가스부터 악취까지, 웬만한 오염 물질은 스위치 하나로 차단된다.

레일건이 적중했을 때는 천지가 개벽하는 소리가 났겠기만, 추 타 화 된 기지는 조용했다. 총을 앞세우고 건물에 다가가는 보안요원들의 잰 발소리만이 늘렸나.

구티에레스가 연구동에 진입했다. 흰 가스 때문에 거

의 아무것도 안 보인다 싶더니 태블릿 영상이 갑자기 무지갯빛으로 변했다. 열 감지 모드로 전환한 모양이었다.

"열 반응 없습니다. 아무래도 포격 때 여기 없었던 것 같은데요."

좀 떨어진 곳에서 "러시아군 생존자 미확인!"이라는 다른 요원의 외침이 들렸다. 구티에레스가 말했다.

"발견하면 사살해. 어차피 계약 위반 시설 근무자들이야. 우리가 왔다는 증거는 최소한으로만 남겨야 한다."

버틀러가 태블릿에서 고개를 돌리고 말했다.

"비록 우리 티타니아와의 계약은 아니지만요. 러시아 동부를 관리하는 란차오 상방도 계약에 같은 조항이 있습니다. 국가 정부가 미신고 군사 시설을 운영하는 것은 어디서나 중대한 위반이지요."

바야라는 침을 꿀꺽 삼켰다. 버틀러가 태블릿의 마이크에 대고 말했다.

"목표의 흔적은 전혀 없나요?"

"빈 우리는 있습니다. 개 밥그릇 같은 게 식당 테이블에 놓여 있―"

총성이 연달아 빠르게 세 번 울리더니 이어서 또 누군가가 외쳤다.

"늑대다! 바깥에! 건물 북쪽!"

구티에레스의 고함에 태블릿 스피커가 지직거렸다.

"레드포드, 이 멍청아! 생포 작전이라고 했잖아! 고무탄으로 바꿔! 알파, 베타 팀은 건물 북쪽으로. 감마 팀은 안에서 경계. 델타 팀은 건물 동쪽으로 나가서 북쪽에서 합류한다."

버틀러가 말했다.

"이제부터 재미있어지겠지요."

바야라는 태블릿에 집중하는 버틀러를 바라보며 물었다.

"이미 밖에 있었으면서 왜 도망가지 않고 연구동 근처에서 굳이 모습을 드러냈을까요?"

버틀러가 뜸도 들이지 않고 대답했다.

"보이는 것이 목적이었는지도 모르죠."

화면을 회색의 무언가가 가로질렀다. 아까보다 덜 날카로운 총소리가 드르륵 울렸다. 구티에레스가 외치는 명령을 들으며, 바야라는 문득 고향에서 키우던 개를 떠올렸다.

"그렇군요. 이 늑대가 아주 똑똑하고 커다란 개라고 생각하면……."

버틀러가 말을 이어받았다.

"가족을 지키려고 하겠지요. 지금 강습 조를 유인하고 있는 겁니다. 아마도 누군가 남쪽으로 도망칠 틈을 벌기 위해서."

화면 구석에 다시 회색 그림자가 지나가자 곧이어 둔한 고무탄 소음이 울렸다. 버틀러의 말을 듣고서 영상을 보니 늑대가 정말로 연구동 북쪽으로 강습 조를 꾀고 있었다. 레일건에 파괴된 건물들의 폐허를 엄폐물로 활용하는 모습이, 마치 숙련된 보안요원 같았다. 목표가 군인들이 아닌 자기라는 것을 알고도 저러는 것인지? 아니면 알기 때문에 비로소 저런 전술을 쓰는 것인지?

"걔는 저렇게 빠르지 않아……."

귀신처럼 화면에 나타났다 사라지는 회색 그림자를 보며 바야라는 중얼거렸다. 버틀러가 그 혼잣말에 답했다.

"자연의 늑대는 저렇게 크지도 않습니다. 고객들 상상에 맞춰 크게 만들었다더군요. 아이가 탈 수 있도록……. 아마 저 비밀 기지에서 군사 훈련도 받았을 테고요."

늑대가 잡히지 않았으면 좋겠다는 생각이 문득 들었다. 이 모습을 보면 누가 그렇지 않겠는가? 그러나 옆의 참관인은 말이나 표정에 감탄이나 동요가 전혀 없다. 이제는 늑대를 찾는 보안요원들의 소리만 들리고, 더 이상 총소리도, 회색 그림자도 보이지 않았다. 버틀러가 태블릿을 껐다.

"더 볼 것이 없군요. 란차오 상방의 시설은 아니지만, 그쪽 상권에 레일건을 쏘았으니 적어도 몇 주는 거리를 두고 협상을 해야겠지요. 결국은 제가 가는 수밖에 없겠고요."

귀찮음도 실망도 없는 무표정을 보고서야, 바야라는 버틀러가 무엇인지 알았다. 그리고 조심스럽게, 오직 인간에게만 허락된 주문을 낮은 소리로 읊조렸다.

"……UN AI 위원회 인공지능 관리 규약 제13조 3항."

버틀러가 웃었다. 아까와는 다른, 눈까지 움직이는 웃

음이다.

"원래대로라면 제조사와 모델명과 일련번호를 말씀드려야겠지요? 하지만 저는 그 의무 코드가 없어요."

표정만이 아니라 말투에도 아까보다 훨씬 더 감정이 실려 있었다. 바야라는 낮은 신음을 냈다. 코니 버틀러가 안드로이드인 줄 눈치채지 못했다. 속이려 했으면 끝까지 속았을 것이다.

"오베론-2에 들어올 때 분명 전신 스캔을 했는데……."

"위장 신호입니다. 저는 그것까지 염두에 두고 만들어졌으니까요."

"이것도 비밀인가요?"

"비밀이었으면 실장님이 지금 아실 리가 없지요. 하지만 어차피 누가 믿어주겠습니까? 저는 아니라고 하면 그만인데요."

버틀러가 목례를 하고 상황실을 나섰다. 문이 금세 닫히지 않았더라면, 바야라는 그 뒷모습을 내내 쳐다보았을 것이다.

셔틀은 한 시간 뒤에 오베론-2를 떠날 예정이다. 바야라는 그 뒤로 다시는 버틀러를 만나지 못했다.

4.

늑대

＊

볼크는 숲속 깊이 들어와서야 숨을 돌렸다. 가슴이 쿵
쾅거렸다. 하늘에서 떨어진 불에 기지가 순식간에 박살
나고, 장갑복을 입은 괴한들이 들이닥쳤다. 하지만 이렇
게 살아남았다.

어떻게 도망쳤는지 남의 일처럼 되새겨 보았다. 자기
가 그런 일을 할 수 있다는 것을 믿을 수 없었다. 형제자
매들이 훈련시켜 준 대로 했다고 생각하니 스스로가 대견
했다가도, 이제 다들 죽었다는 사실을 떠올리니 속이 답
답해져 왔다. 이제 형제자매는 아무도 없다. 단 한 명만
빼고.

총알 비를 피해가며 고생한 보람이 있다면 링카는 기
지를 꽤 벗어났을 것이다. 오래지 않아 해가 진다. 털가죽
없는 인간은 온열복을 입었더라도 시베리아의 겨울밤을
견딜 수 없다. 게다가 링카는 다쳤다.

추운 날에는 냄새가 더 또렷해진다. 숲속에서는 기지
가 보이지 않았지만, 흐린 하늘을 향해 연기가 몇 줄기 피
어오르고 있었다. 기지의 죽음은 공기를 타고도 전해졌
다. 볼크는 마지막 자매를 찾아 나섰다. 링카와 볼크는 서
로 반대 방향으로 도망쳤기 때문에, 기지를 가로지르거나
철책을 빙 둘러 가거나, 둘 중 하나를 택해야 한다.

기지 밖으로 나온 것이 처음이라, 둘러 가는 길에 무

엇이 있는지 볼크는 잘 몰랐다. 물 냄새가 많이 나는 것을 보면, 강이나 호수를 건너야 할지도 모른다. (형제자매들은 근처에 작은 호수들이 많다고 했다.) 시간을 지체하다가 그사이 눈보라라도 치면 링카의 흔적을 놓칠 수도 있다는 데 생각이 미쳤다. 볼크는 눈 가장자리에 뜬 온도와 습도 표시를 보고, 기지를 질러가기로 마음먹었다.

링카는 기지를 습격한 자들이 볼크를 노리고 왔을 거라고 말했었다. 이 기지에는 다른 특별한 것이 없다고…… 그러나 볼크에게 가장 특별한 것은 항상 링카였다. 기지에서 제일 아는 것이 많고, 자기를 제일 잘 대해주었다. 목소리도, 웃는 소리도 다시 듣고 싶었다. 볼크는 다시 달렸다.

바람 소리 사이로 아주 희미하게 모터 소리가 들렸다. 그러고 보니 잊고 있었다. 따돌렸다고 생각했는데, 어느새 따라잡혀 버렸다. 볼크는 멈춰 서서 뒤를 휙 돌아보고 한 번 짖었다. 속으로는 '야, 그만 좀 따라와!'라고 짜증을 내면서.

사족보행 로봇 세 대가 다리를 접고 눈 위를 미끄러져 모퉁이 너머를 돌아오다가 황급히 멈췄다.

"같이 가면 안 돼?"

볼크가 마음속으로 외친 소리를 알아듣기라도 한 것처럼, 그중 하나의 스피커에서 사람의 말이 나왔다. 볼크는 꼬리를 세우고 다리를 꼿꼿이 펴서 위협하는 자세를 취했다.

'나는 가족을 찾으러 가야 해. 방해하지 말고 다른 데로 가.'

다른 하나의 스피커에서 마치 볼크가 불만스러울 때 내는 것처럼 낑낑대는 소리가 났다.

"우리는 가족이 아니야?"

로봇들이 자기 생각을 어떻게 알아듣는 것인지? 볼크는 이해할 수 없었다. 기지에서는 한 번도 그랬던 적이 없었다. 하지만 그 말을 듣고 볼크는 가슴께가 먹먹해졌다. 로봇들을 보살피고 지휘하던 소콜로프는 포격에 죽었다. 어쩌면 로봇들에게 소콜로프 다음으로 특별했던 것이 자기였는지도 모른다.

'알았어. 조용히 따라와. 링카⋯⋯ 벨스카야 중위를 찾으러 갈 거야.'

"같이 간다! 같이 간다!"

로봇들이 다리를 도로 펴고는 폴짝폴짝 뛰었다. 볼크는 다시 짜증을 냈다.

'조용히 하랬지!'

"조용히 간다."

볼크는 다시 달렸다. 설상 모드로 전환한 로봇들이 미끄러지며 볼크를 쫓아왔다. 스키 소리가 하도 조용해서, 볼크는 때때로 달리면서 뒤를 돌아보았다. 어느 순간부터인가 로봇들의 카키색 일록이 흰 내 언릭으로 바뀌어 있었다. 형제자매들의 옷도 어떤 것들은 주변에 맞추어 색깔이 변하곤 했다⋯⋯.

기지는 도망칠 때와 똑같았다. 마음 한구석에 실망감이 일었다.

'로봇들, 일단 내가 가서 아까 그 사람들이 다 갔는지 확인하고 올게.'

"우리는 레이더가 있어."

'레이더 켜면 전파 때문에 바로 들켜.'

훈련 때 들었다.

"그럼 열 감지 카메라를 쓸게. 구별할 수 있어."

볼크는 잠깐 고민하다가 로봇들에게 속으로 말했다.

'좋아, 그러면 너는…… 너는 율리야라고 하자. 너는 이반, 너는 올가. 율리야랑 이반은 조심해서, 다른 건 말고 일단 아까 그 무장한 사람들이 있는지만 확인해. 올가는 저기 높은 데서 살펴보면서, 율리야랑 이반이 들킬 것 같으면 소리를 내서 주의를 끌고 도망쳐.'

이제 올가가 된 로봇이 말했다.

"볼크는 어쩔 거야?"

'나도 일단 들어갈 거야. 코로도 눈으로도 확인하면서. 뭔가 찾거든 여기로 돌아와서 만나자.'

볼크는 파괴된 정문을 지나쳐 들어갔다. 연구동을 제외한 건물들은 모두 돌 더미가 되어 있었다. 아직까지는 사람의 모습도 보이지 않고 냄새도 나지 않았다. 단지 형제자매들의 피 냄새, 침입자들의 화약 냄새, 갑옷의 합성 섬유 냄새가 희미하게 남아 있었다.

연구동에 들어갔다. 발전기가 있던 건물이 파괴되는

바람에 난방이 끊겨, 바깥과 다를 바 없이 추웠다. 여기도 사람의 기척은 없었지만, 침입자들과 마취 가스가 남긴 냄새가 코를 찔렀다. 볼크와 링카가 도망친 뒤에, 침입자들은 분명 여기를 샅샅이 뒤졌을 것이다. 하지만 링카가 습격을 알아채고 제일 먼저 한 일이 자료를 삭제하는 것이었다. 기업연합은 아무것도 얻지 못했다. 기지를 다 부수고, 형제자매들을 다 죽이고도…….

식당은 냉장고와 찬장까지 열어젖혀져 있었다. 볼크는 링카를 찾더라도 먹을 것과 물이 있어야 한다는 것을 깨달았다. 입과 앞발로 챙겨 가는 것은 무리다. 볼크는 깨진 창문 너머로 짖었다.

이반: 무슨 일이야?

시야 가장자리 디스플레이에 또렷한 글씨가 찍혔다. 평소에는 기지의 공지 사항이 뜨는 자리다. 볼크는 놀랐다. 곁에 있지 않아도 로봇들과 대화를 할 수 있는 것이다.

'이렇게 말할 수도 있었어? 앞으로는 소리 내지 말고 글씨로 하자.'

올가: 알았어.

'뭔가 찾은 거 있어?'

이반: 없어. 살아 있는 사람은 하나도 없어.

'그럼 셋 다 연구동 식당으로 와. 어딘지 알지?'

율리아: 이빈이링 지금 갈게.

올가: 나도.

볼크는 찬장 아래쪽 서랍에서 카키색 얼룩 부직포 가

방을 잔뜩 꺼내 바닥에 흐트러뜨렸다. 그리고 싱크대에 뛰어올랐다가 열린 위쪽 선반에 매달려, 안에 있는 보존 식량들을 하나씩 끄집어냈다. 커다란 플라스틱 물통은 들고 가기 힘들어 보였지만, 훨씬 무거운 것도 로봇들은 쉽게 들 수 있다는 점을 떠올렸다.

로봇들이 도착했을 무렵, 식당 바닥은 통조림과 비닐 포장된 에너지바, 온열팩, 그리고 실험실에서 가져온 약들의 바다가 되어 있었다.

'이걸 여기 있는 가방에 최대한 많이 담아. 올가는 저기 물통을 짊어지고.'

로봇들은 불평도 말대답도 없이 지시에 따랐다. 율리야가 기계팔로 가방을 잡고 있으면 이반이 바닥에 있는 것들을 주워 담았고, 가방이 꽉 차면 율리야가 들어서 자기 몸의 후크에 걸었다. 후크 여섯 개가 다 차자 다음에는 이반의 몸에 걸었다. 올가는 몸을 낮춰 바닥에 주저앉더니 물통을 집어 등에 짊어졌다. 몸 가장자리에서 은색 그물이 펼쳐져 올라와 물통을 고정했다. 볼크는 소콜로프 중사가 로봇들에게 온갖 일을 시키던 모습을 떠올렸다.

볼크가 올가 쪽으로 눈짓을 하자, 율리야가 남은 가방 두 개를 올가의 좌우 몸통 후크에 하나씩 걸었다.

'자, 이제 가자…… 잠깐.'

로봇 셋이 한 발을 내딛다가 동시에 공중에서 멈췄다. 볼크는 식당 구석에서 아직 뜯지 않은 20킬로그램짜리 사료 봉투를 끌고 왔다. 겉에 누런색 개 그림이 그려진, 제일 좋아하는 밥이었다. 오늘 아침에도 이것을 먹었다.

'이것도 누가 실어줄 수 있어?'

올가가 나섰다. 자동 그물을 풀고 물통 위에 사료 봉투를 얹고는 다시 그물로 덮었다.

'고마워. 이제 가자.'

식당 밖으로 나와 조심스럽게 기지의 폐허를 지났다. 볼크는 로봇들이 짐을 잘 지고 있는지 수시로 확인했다. 셋 다 안정적으로 걷고 있었지만, 이대로는 함께 링카의 흔적을 쫓을 수 없었다. 같이 달리자니 가방끈이 끊어지거나 그물 밖으로 물통이 떨어질 것 같았다. 좀이 쑤시던 참에, 링카의 라벤더 비누 냄새가 코에 닿았다. 더는 기다릴 수 없었다.

'얘들아. 너희는 여기서 기다려. 벨스카야 중위는 나 혼자 찾을게.'

이반: 우리 두고 가는 거야?

'아니야, 중위만 찾으면 돌아올 거야. 짐도 다 너희들이 갖고 있잖아.'

율리야: 배터리 떨어지기 전에 돌아와야 해.

그러고 보니 로봇들의 밥을 생각 못 했다. 볼크는 걸음을 바꾸어 속도를 조금 높이면서 말했다. 로봇들이 보조를 맞췄다.

'얼마나 남았는데?'

눈 가장자리에 세 로봇의 배터리 잔량이 떠올랐다. 오늘 꽤 움직였는데도 다들 90퍼센트 가까이 차 있다. 그러고 보니 오늘 아침에 소콜로프 중사가 충전을 하느라 일과 시작이 늦었다고 투덜거렸던 것도 같다. 소콜로프 중사도 로봇 하나하나에 이름을 붙였을까?

'이 정도면 며칠은 버티겠네. 링카만 찾고 금방 올게. 기껏해야 한두 시간, 늦어도 밤에는 올 거야.'

이반: 꼭 와야 해.

볼크는 고개를 끄덕이고 화살처럼 달려나갔다. 비누 냄새를 따라가다 보니 이윽고 피 냄새도 풍겼다. 창문이 깨졌을 때 날아 든 유리에 베인 상처에서 흐른 것이다. 연구동에서 링카를 보았을 때는 심해 보이지 않았지만, 사람이 얼마나 아파할지는 짐작이 가지 않았다. 볼크는 인간이 통증을 견디지 못한다는 것을 알고 있다. 급히 움직이다가 상처가 벌어졌을 수도 있다.

아니나 다를까, 피 냄새는 쫓아갈수록 더 짙어졌다. 출혈이 심해진 것인지, 아니면 아파서 느려지는 바람에 피를 더 많이 흘린 것인지, 지금으로서는 알기가 어려웠다. 서둘러야 하는 것은 확실하다. 볼크는 코에 온 신경을 집중하고 속도를 높였다.

너무 달렸다. 숨이 차다. 입김이 눈앞에서 하얗게 얼어붙었다. 기지에서 아침을 먹은 뒤로 종일 굶었다. 그러나 해는 거의 졌고, 기온은 더 떨어져 간다. 링카가 입고 있던 온열복은 밖에서 오래 쓰도록 만들어진 것이 아니었다. 효과가 이미 다했을지도 모른다. 여기서 쉴 수는 없다. 볼크는 숨을 몰아쉬면서도 계속해서 냄새를 쫓았다.

왼쪽 앞의 눈 더미에서 무언가가 오늘의 마지막 햇살에 반짝거렸다. 볼크는 갑자기 가슴이 따뜻해졌다. 숨찬 것도 잊고 그리로 달려갔다. 링카가 안경을 쓴 채 눈으로 몸을 덮고 누워 있었다. 눈 속에서 볼크를 향해 손이 올라왔다. 볼크는 손에 머리를 들이밀고 비볐다. 링카의 뺨이 빨갛게 얼어붙어 있었다. 목소리가 숨결처럼 약하게 흘러나왔다.

"볼크 중위, 왔구나. 나는 이제 못 움직일 것 같아."

말도 안 되는 소리다. 볼크는 링카의 소매를 물고 당겼다. 텃밭에서 감자가 뽑히듯, 링카가 소매에 딸려 나왔다. 출혈이 심했다.

볼크는 링카 배 밑의 눈을 파고 들어가 다리를 쭉 뻗어 일어섰다. 인간치고도 작은 덩치라 등에 쉽게 걸쳐졌지만, 로봇들이 있는 곳까지 짊어지고 갈 자신은 없었다.

"기계손은……."

말에 힘이 없어서 뒷말을 알아들을 수 없었다. 그러고 보니 실험실에서 약을 가져올 때, 은색 기계손이 보이지 않았다. 침입자들이 가져갔는지도 몰랐다.

로봇들이 있는 곳에서 여기까지도 한참이 걸렸다. 링카를 짊어지고 과연 어디까지 갈 수 있을까? 다른 수가 없었다. 등에서 피 냄새가 났다. 배가 고팠다.

눈 가장자리의 시계와 온도를 보았다. 몇 걸음 걸을 때마다 온도가 뚝뚝 떨어지는 것 같았다. 등 위에서 링카가 떨고 있었다. 그러면서도 떨어지지 않으려고 털을 손으로 꽉 잡고 있다. 볼크는 계속해서 걸었다.

더 걷기가 힘들어 잠깐 쉬어가고 싶었지만, 앉으면 다시는 못 일어날 것을 알고 있었다. 사방은 캄캄했다. 익숙한 냄새는 링카의 체취와, 이제는 거의 나지 않는 라벤더향 비누 냄새밖에 없었다. 그것에 의지해서, 볼크는 힘이 들어가지 않는 다리를 움직였다.

눈앞에 밝은 빛 여섯 개가 보였다. 시야 가장자리에 글씨가 떠올랐다.

올가: 괜찮아?

볼크는 정신이 번쩍 들었다. 로봇들이 와서 얼굴에 전조등을 비추고 있었다. 짐도 짊어진 채다.

'기다리라니까 왜 왔어?'

하지만 원망스러운 생각은 전혀 들지 않았다.

이반: 도와줘야 할 것 같아서 왔어.

'내가 여기 있는 건 어떻게 알았어?'

율리야: 몰라. 그냥 여기로 오면 있을 것 같았어.

링카가 등 위에서 움직이며 조금 정신을 차린 목소리로 말했다.

"쟤들, 기지에 있던 잡역 로봇들이지? 왜 여기 와 있지?"

볼크는 뭐라고 대답해야 할지 몰랐다. 늑대의 입으로 할 수 있는 말은 제한되어 있고, 지금은 키보드가 없다……. 그때 좋은 생각이 났다.

'올가, 이제부터 내가 하는 말을 스피커로 그대로 말해줘.'

올가: 알았어.

"링카, 왠지는 모르겠는데 내가 생각을 하면 얘들이 알아들어. 그러면서 아까부터 자기들도 가족이라고 따라와. 그래서 같이 연구동에 가서 먹을 것이랑 온열팩하고 약을 가져왔어."

올가의 스피커에서 볼크의 말이 나왔다.

링카가 등에서 떨어지듯 내려와 바닥에 앉았다. 볼크와 로봇들을 번갈아 쳐다보는 안경 뒤의 눈이 휘둥그레져 있었다.

"너 이런 것도 할 줄 알았니?"

"오늘 아침부터 갑자기."

스피커는 계속 볼크의 말을 전했다.

볼크는 가만히 생각에 잠긴 링카를 보면서, 가방에서 온열팩을 입으로 꺼내 건넸다. 링카는 온열팩을 뺨에 대고 숨을 돌렸다.

"일단 바람을 피할 곳을 찾자. 온열팩이 이만큼 있으면 오늘 밤은 버틸 수 있어."

이반이 스피커로 말했다.

"오는 길에 빈 오두막을 하나 봤어. 불은 꺼져 있었지만."

"이반, 앞장서. 율리야는 벨스카야 중위 태우고 갈 수 있겠어?"

"아직 120킬로그램은 더 짊어질 수 있어."

다 같은 소프트웨어를 쓸 텐데 목소리들이 조금씩 다른 것을, 볼크는 이제야 눈치챘다.

율리야가 몸을 낮추자, 링카는 영차 소리를 내며 말을 타듯 올라앉았다. 이반의 전조등이 앞길을 비췄다. 넷은 아까 볼크가 달려왔던 길을 되짚어갔다.

에너지바를 우적우적 씹는 소리가 들렸다. 율리야의 후크에 걸린 가방에서 링카가 먹을 것을 꺼낸 모양이었다. 어느새 온열팩도 새로 넣었는지, 아까처럼 힘이 없어 보이지 않았다. 볼크는 그 옆으로 다가가 한 번 짖고, 링카가 웃으며 내미는 에너지바를 받아먹었다.

당장 추위를 면할 수 있는 것은 좋았지만, 앞으로가 걱정이었다. 로봇들의 배터리는 며칠이면 떨어질 텐데, 버려진 오두막에 전기가 들어올 것 같지 않았다. 제대로 된 난방 없이 온열팩만으로 버티는 데에는 한계가 있다. 먹을 것도 지금 보기에나 많지, 볼크와 링카가 같이 먹으면 곧 떨어질 양이다. 눈을 녹여 물을 구할 수는 있겠지만, 그러려면 정수 필터, 적어도 물을 끓일 그릇과 연료가 필요하다. 그런 것들을 구하거나, 이곳을 빠져나갈 방법을 생각해야 한다.

이반이 몸을 왼쪽으로 돌려 위를 비췄다.

"저기야."

정말로 오두막이 있었다. 오두막이라기보다는 무너진 판자 뭉치 같았지만, 밤의 한기는 피할 수 있을 것 같았다. 링카가 말했다.

"몇십 년 전에는 이 근방에 작은 마을이 있었대. 다들 도시로 가서 버려졌지만. 마을 사람들이 사냥이나 나물

캐러 나왔을 때 지내려고 지은 집이 아닐까?"

올가의 스피커가 다시 볼크의 말을 전했다.

"마을은 어떻게 됐는데?"

"다 허물고 기지를 지었지."

기지가 있던 자리에 또 무언가가 생기는 걸까? 볼크는
그런 생각을 하면서 로봇들을 따라 오두막으로 올라갔다.

5.

할머니

비행기표는 서울에서 블라디보스토크를 거쳐 야쿠츠크로 가는 항공편이었다.

인경은 2주 정도를 현지 호텔에서 머물며, 서울 집에서 물건들이 도착하기를 기다렸다. 어차피 진짜로 집을 가진 사람은 거의 없다. 대부분은 기업연합의 부동산 회사에서 임대한다. 인경의 서울 집도 란차오 상방의 소유였다. 야쿠츠크의 새집은 현지 임대업체 소유의 작은 아파트였지만, 그것도 소유관계를 거슬러 올라가면 란차오에 닿을 터였다. 거실에서 한강이 보였던 서울의 널찍한 단독주택은 인경이 떠난 순간 다른 사람에게 넘어갔을 것이다.

레나강을 따라 도시 남쪽에 펼쳐진 바위 숲이 장관이라는 이야기를 들어서 좀 둘러볼까 했지만, 에어록 같은 유리문 밖 공기가 하도 차서 밖에서는 숨조차 쉬기 어려웠다. 인경은 호텔 프런트에 부탁해서 방한 장비를 주문하고, 도착한 지 사흘이 지난 다음 날 낮에야 첫 출근을 했다.

5층 건물의 한 칸짜리 사무실에는 한국인이나 중국인의 생김새와 별반 다르지 않은 20대 언저리의 사하인 직원이 세 명 있었다. 보드카에 말고기 안주가 차려진 환영 술자리에서, 인경은 야쿠츠크 지사에서 정확히 무슨 일을 하느냐고 물었지만 돌아오는 것은 이색한 웃음뿐이었다. 딱히 근처에 공장이나 주요 사업이 있는 것도 아니고,

소매점과 계열사 사무소들은 지휘 계통이 따로 있다. 심지어 가전제품 매장조차 인경의 사무실보다 직원이 많았다. '란차오 상방 야쿠츠크 지사'가 왜 존재하는지 인경은 이해할 수 없었다. 팔레스타인 방사능 황무지나 아메리카 서해안의 침하 지역에도 지사가 있을지 궁금했다.

인경은 전임자가 남긴 시장 동향이나 문화 자료를 훑어보며 일과 시간을 보내려 했지만 그것도 며칠 만에 마쳐버렸다. 인경은 딸 유리와 손자 동현이의 근황 피드를 보면서 소일하는 수밖에 없었다. 차마 댓글을 달지는 못했다. 단지 익명 계정을 만들어서 '좋아요'를 누를 뿐이었다. 직원들은 무료한 일상에 익숙해 보였지만, 그래도 인경이 시키는 일은 군말 없이 했다. 며칠이 지나서야 인경은 지사장이 2년에 한 명씩 우수 직원을 정해 상부에 추천하게 되어 있다는 말을 들었다. 어쩌면 그것이 진짜 자기의 업무인지도 몰랐다. 유능한 젊은이가 세상에 나가 출세할 기회를 주는 것. 그 생각을 하면서 인경은 개성에 두고 온 딸과 손자, 그리고 화성으로 좌천된 사위를 떠올렸다.

인경은 조용한 야쿠츠크 생활에 익숙해져 갔다. 연구소 생활이 그리울 때도 있었지만, 이제 AI라면 지긋지긋하기도 했다. 상부에서는 거의 아무 지시도 없었다. 서울 집의 가구와 집기들이 도착하자 새 숙소도 집처럼 느껴졌다. 매일같이 찾아오는 후회와 죄책감에도 무감각해졌다. 말젖을 발효시킨 쿠미스라는 음료에도 맛을 들였다. 이대로 살다가 죽는 것도 나쁘지 않다고 생각했다.

두 달쯤 뒤, 영하 40도의 추위에도 어찌어찌 바깥을 다닐 수 있게 되었을 무렵, 이런 곳에 일어날 것 같지 않은 일이 벌어졌다. 야쿠츠크에서 불과 200킬로미터 떨어진 곳에서 러시아 정부의 비밀 군사 시설이 발견된 것이다.

이 경우 '비밀'은 상트페테르부르크(몇 년 전부터는 레닌그라드)와 모스크바를 제외한 러시아 전역을 상권으로 삼는 란차오 상방에 신고하지 않은 시설이라는 의미였다. 중대한 계약 위반이어서 징벌적 조치가 이루어질 터였지만, 진짜 문제는 다른 데 있었다. 시설에 궤도 폭격을 한 것이 란차오가 아니라 티타니아 그룹이란 사실이었다.

중대한 B2B 사태였기 때문에 인경도 긴장했다. 조사반이 올 터였고, 명색이 야쿠츠크 지사의 지사장인 만큼 인경의 역할이 요구될 것이었다. 인경은 연구자이지 사무직이 아니었다. 무주공산 같은 사무실을 지키는 일이라면 할 수 있었지만, 복잡한 작전을 지휘하거나 관리할 경험이나 능력은 없었다.

다행히 그럴 필요 또한 없었다. 십여 명으로 구성된 조사반은 야쿠츠크 지사 사무실을 점거하다시피 했고, 인경에게는 당초에 지휘권이 없었다. 인경과 직원들은 음식과 교통편, 숙소 관리를 비롯한 뒷바라지를 하느라 전에 없이 바빴다. 조사반이 방한 준비를 제대로 해 오지 않아, 그것도 조달해 줘야 했다. 대부분 보안요원으로 구성된 조사반을 지휘하는 작은 키의 마른 중년 남자는 첫날 웃으며 통성명을 한 뒤로 한 번도 얼굴을 비치지 않았다. 조사 결과를 공유하지도 않았다.

　뉴스에는 러시아의 불법 군사 기지를 놓고 벌어진 두 기업연합 사이의 다툼에 관해 연일 나왔지만, 정작 기지가 무엇을 하던 곳이었으며 티타니아가 왜 그곳을 폭격했는지에 대한 설명은 용케도 전혀 없었다. 러시아 정부에 관해서는 그보다도 정보가 없었다.

　조사반은 도착한 지 나흘 만에, 아무 예고도 없이 철수했다. 인경은 그것을 티타니아 그룹과 란차오 쌍방의 중추 AI들 사이에 조율이 끝났다는 뜻으로 받아들였다. 학회에서 만난 뒤로 가끔씩 연락을 주고받는 티타니아 쪽 연구자의 말로는, 소행성대에서 벌어진 란차오의 산업스파이 행위를 더 이상 문제 삼지 않는다는 조건으로 이번 사건이 무마된 모양이었다.

　그러나 이상한 일은 그것으로 끝이 아니었다.

　조사반이 돌아가고 며칠 안 된 어느 아침, 털옷에 파묻히다시피 한 손님이 사무실을 찾아왔다. 날이 춥다 보니, 정시에 출근한 것은 아무 일 없는 직장에서조차 용케 성실한 분위기를 풍기는 그리고리뿐이었다. 손님이 두꺼운 옷을 벗어 옷걸이에 걸고 눈썹과 속눈썹에 붙은 서리를 문지르는 사이, 그리고리가 뜨거운 커피를 내어놓았다. 추운 데서 들어온 사람에게 인사보다 먼저 하는 시베리아식 대접이다.

　"여기가 란차오 쌍방이지요?"

　인경은 기업연합의 대표다운 위엄을 갖추려고 애쓰며

대답했다.

"그렇습니다만 무슨 일로 오셨지요?"

손님은 자기 이름이 이오시프 니콜라예비치 바샤린이라고 했으나 더 이상의 대답은 망설였다. 비록 네 명이 근무하는 작은 사무실이지만, 태양계를 지배하는 기업연합들 중 하나이니 일반인으로서는 위축될 만도 했다.

그리고리가 사허어로 말을 걸자 바샤린도 표정이 조금 풀렸다. 인경은 바샤린과 그리고리가 자신이 모르는 언어로 대화하는 것을 가만히 보는 수밖에 없었다. 참견을 할까 했지만, 그리고리의 표정이 갈수록 심각해지는 것이 아무래도 심상치 않게 느껴져 끼어들지 않았다.

바샤린이 갈색 접대용 소파에 앉아 커피를 마시는 사이, 그리고리가 러시아어로 인경에게 설명했다.

"지사장님, 좀 이상한 얘긴데요. 지사장님 전문 분야랑 관련이 있는 것 같아서."

전문 분야?

"뭔데?"

그리고리가 입맛을 다시고 말했다.

"우리 계열사에서 만든 로봇들이 저분 사는 마을을 습격했대요. 그걸 어떻게 좀 해달라고."

"뭐라고?"

"로봇들이 민가에 침입했다는데요. 인명 피해는 없는데 재산 손해가 좀 있다시네요."

탁자에 커피잔을 내려놓는 소리가 났다. 바샤린이 이

쪽을 유심히 보고 있었다.

"저분 건넛집에서 먹을 것하고 전지를 빼앗겼대요. 한 밤중에 쳐들어왔다고……."

인경은 잠시 생각했다. 로봇들이 이상 작동을 일으키는 것이 아주 드문 일은 아니다. 하지만 어디가 어떻게 고장 나면 민가를 습격하게 되는 것일까? 인경은 바샤린을 향해 직접 말했다.

"선생님, 사진 같은 건 찍어 오셨어요?"

그제야 생각났다는 듯, 바샤린이 주머니에서 소형 태블릿을 꺼냈다. 하얀색 무란 18, 란차오에서 작년에 나온 모델이다. KNT에서 일했을 때, 이 제품을 벤치마크로 삼아 AI를 디자인하는 일에 인경도 참여했었다.

"이게 처음은 아니에요. 다른 집에서도 당했다고 하더라고요. 근데 이번에는 이고르 이고로비치가 용케 영상을 찍었죠."

화면에는 어두운 헛간에서 손전등이 로봇 두 대를 비추는 장면이 정지 영상으로 비쳐 있었다. 지형에 관계없이 짐을 운반하고 간단한 작업을 할 수 있도록 다리 넷과 팔 하나가 달린 다목적 로봇이다. 튼튼하고 유지보수가 쉬운 데다가 중력 변화에 자동 대응하는 기능이 있어서, 태양계 전역의 란차오 시설과 공사 현장에서 널리 쓰인다.

재생 버튼을 누르자 로봇들이 헛간을 뒤지며 등에 물건들을 싣기 시작했다. 감자가 들어 있는 듯한 작은 포대두 개, 그리고 연료 카트리지 한 다발이 이미 로봇들의 등에 얹혀 있었다. 몸 옆에 늘어진 가방들도 무언가로 가득 차 있었다.

영상을 찍는 사람이 뭐라고 소리를 지르니, 헛간 반대 쪽에서 한 대가 더 나타났다. 찍는 사람은 뒷걸음질을 쳤고, 새로 나타난 로봇은 찍는 사람에게 전조등을 비추며 위협적으로 사이렌을 울렸다. 사람이 놀라서 태블릿을 떨어뜨린 듯, 동영상은 거기서 끝났다.

경영이나 연구에 사용되는 AI는 사람을 능가하는 지능을 가지고 있지만, 태블릿이나 독립 로봇에 들어가는 것들은 그보다 훨씬 단순하다. 학습과 자기 개발 능력보다는 프로그램으로 정해진 일을 수행하는 데 중점을 두어 만들어진다. 이런 종류의 AI에서 가장 흔히 발생하는 문제는, 그 일을 해서는 안 되는 상황에서 하는 것이다. 컵에 물을 따르는 일을 하는 로봇이라고 한다면, 고장 났을 때 이미 물이 차 있는 컵에, 또는 사람의 머리에 물을 따르는 식이다.

그러나 짧은 동영상으로는 이 로봇들의 원래 역할이 무엇이었는지 짐작하기 어려웠다. 다목적 로봇인 만큼, 원래 사용자가 어떤 목적으로 썼는지를 알 필요가 있었다. 그런 생각을 하며 동영상을 반복해서 보던 참에 인경은 묘한 것을 눈치챘다.

"여기 이놈 색깔이 바뀌는 것 같지요? 집주인한테 들키는 순간에, 아주 조금."

인경이 그렇게 지적하자, 바샤린도, 옆에서 같이 보던

그리고리도 고개를 끄덕였다.

위장색이다. 무장을 하고 있는 것 같지는 않지만, 군용이라는 뜻이다. 이 근처에 군용 로봇을 쓸 만한 곳은 하나밖에 없다. 인경은 꽤 자신 있게 말했다.

"그 불법 군사 기지에서 나온 것 같네요."

바샤린이 이해가 간다는 표정을 짓고 말했다.

"폭격 맞은 곳이군요. 뉴스에 나왔던."

"맞아요."

아마도 궤도 폭격을 당했을 때 어딘가가 망가졌을 것이라고 인경은 생각했다. 인경은 평생을 KNT에서 살았기 때문에 국가가 정확히 무슨 일을 하는지 잘 모르기는 했지만, 로봇에게 약탈을 프로그래밍했다는 것이 아주 이상하게 느껴지지는 않았다. 학창 시절 역사 수업에서 국가를 도둑에 비유하는 말을 들은 기억이 떠올랐다.

그리고리가 물었다.

"혹시 사람이 명령을 내리고 있을 수도 있나요?"

인경은 웃었다.

"이 로봇들은 굉장히 비싸. 감자 포대를 훔치게 하느니 중고로 파는 게 이익일걸."

게다가 군용이나 기업보안용 로봇은 액세스 관리가 철저하다. 아무나 쉽게 명령을 내릴 수는 없을 것이다.

비록 아무 권한도 일도 없는 지사장이지만 이 정도는 처리할 수 있다. 인경은 바샤린에게 고객 불만 접수 양식을 쓰게 했다. 바샤린은 주소를 써놓고도 몇 차례 마을 이름을 되풀이했다.

손님이 돌아간 뒤, 인경은 양식을 읽고 태블릿으로 사
진을 찍으며 말했다.

"그리고리, 우리 차로 그 마을…… 살반스크까지 갈
수 있어?"

그리고리가 이맛살을 찌푸리더니 지도를 검색했다.
인경은 비품 창고를 열어보았다. 꽤 괜찮아 보이는 방한
용품들이 들어 있었다.

"나머지 두 명 오면 셋이서 여기 있는 것들 차에 실어
줘. 나는 좀 나갔다 올게."

"점심시간도 한참 남았는데 어디 가시는데요?"

인경은 의자에 걸쳐놓은 코트를 들며 말했다.

"집에. 여기는 폭주 로봇을 다룰 수단이 없어. 내 개인
장비를 가져와야지. 오늘은 짐 싣는 것만 끝내고 퇴근들
해. 그리고 푹 쉬었다가 내일 같이들 가자."

"이 날씨에 그 북쪽까지 가야 해요?"

"서울 할머니가 간다는데 야쿠츠크 청년이 못 간다고
하면 어떡해?"

그리고리가 사하어로 낮게 투덜거렸다. 인경은 어차피
이해를 못 했지만 더더욱 못 들은 척하고 코트를 걸쳤다.

"그럼 수고해. 도스비다냐."

출근하는 길에는 그저 춥다는 생각만 들었는데, 집에
가는 길은 이상하게 발걸음이 가벼웠다. 중간에 약국에
들러 혈압약을 샀다. 이제는 안면이 트인 약사 아주머니

가 물었다.

"오늘 무슨 좋은 일 있으세요?"

"네?"

약사가 웃었다.

"평소보다 얼굴이 환하셔서."

그런가? 생각해 보니 정말로 좀 들떠 있는 것도 같다. '야생'의 AI를 만난다고 생각해서 그런지도 모를 일이다. 계산대에 놓인 거울을 보았다. 얼굴이 상기된 것이 추위 때문만은 아니라고 생각하니 조금 쑥스러워졌다. 인경은 대충 얼버무리고 약값을 치른 뒤 약국을 나왔다.

인경은 언제 사라질지 모를 이 기분 좋음을 인정하기로 했다. 집으로 돌아와 코트를 옷걸이에 걸며 제목과 가사가 기억 안 나는 노래를 코로 흥얼거렸다. 머그잔에 홍차 티백을 넣고 뜨거운 물을 받아 딸기잼 병과 함께 거실 협탁에 놓았다. 뜨개바늘을 꽂은 채 내버려 둔 편물은 오늘도 무시했다.

인경은 협탁 옆의 푹신한 흔들 소파에 파묻혀, 바샤린의 불만 양식을 태블릿에서 TV 화면으로 보냈다. 그리고 첨부파일로 붙은 동영상을 켰다.

인경의 작은 아파트에서 시골 헛간의 로봇 약탈극이 다시 벌어졌다. 소리를 키우니 아까보다 훨씬 현장감이 있었다. 인경은 중얼거렸다.

"멸종된 동물도 많은 마당에, 로봇이 그 빈 자리에 좀 들어가도 괜찮지 않을까?"

선명하고 큰 화면으로 다시 보니, 물건을 고르고 등에 지는 데 뚜렷한 의도가 느껴졌다. 기계팔의 움직임에도 망설임이 없다. 하나가 물건을 집어 다른 로봇이 진 가방에 넣는 것을 보았을 때는, 과연 고장이 난 것인지 의심이 들었다. 하지만 고장이 아니라면 누구의 의도란 말인가? 불법 기지는 포격에 이어진 특수부대 강습으로 군인들 전원이 사망했다고 뉴스에 나왔었다…….

인경은 몇 번이고 동영상을 돌렸다. 세 대가 모두 색깔을 조금씩 바꾸고 있는 것을 눈치챘다. 위장색을 정하는 서브루틴에 문제가 있는 걸까?

차를 우리고 있던 것을 뒤늦게 기억해 냈다. 인경은 동영상을 멈추고 협탁에서 머그잔을 들었다. 그리고 다시 TV로 몸을 돌린 순간, 정지 화면에 우연히 잡힌, 지금까지 눈치채지 못한 것을 보았다.

동영상은 로봇의 표면 색깔이 변할 때, 나노 LED가 중립 상태에 들어간 순간을 비추고 있었다. 아주 잠깐 반들거리는 금속 표면처럼 변한 로봇의 몸에 회색의 무언가가 비친 것을 인경은 보았다. 그것은 커다란 동물의 얼굴이었다. 동영상을 찍은 카메라가 미처 잡지 못한 각도에서 로봇들을 조용히 보고 있었다. 인경은 배 속에서 내장이 가라앉는 것 같은 기분을 느꼈다. 왼손에 찬 시계가 심박수 경고를 울렸다.

인경은 잔에서 티백을 꺼내는 것도 잊고, 차를 마시는 것도 잊고, 한참 동안 그 정지 화면을 바라보았다.

6.

사냥꾼

＊

보스토크 호텔 프런트에서 일하는 카챠는 화성 전쟁에서 란차오 상방을 위해 싸우다가 왼 다리를 무릎 좀 위에서부터 잃었다. 공로를 인정받아 최신형 의족을 무료로 받았고, 향후 10년간의 2년 간격 업그레이드와 평생의 수리도 약속받았다. 토성이나 목성으로 영전할 기회가 있었지만, 지구 밖에서의 싸움은 젊은이들의 몫임을 화성에서 뼈저리게 느껴, 보안직을 그만두고 고향인 세바스토폴에서 사무직을 맡았다.

남들은 휴양지로 즐기는 흑해의 아름다운 풍경과 따뜻한 날씨는 듣던 대로 좋았다. 사십 줄의 나이에 어렸을 적 친구 소피아와 재회하여 결혼한 것도 더없이 좋았다. 그러나 지구에 돌아온 뒤로 밤마다, 때로는 하루 종일 왼 다리가 가려웠다. 금속과 플라스틱으로 된 기계 다리를 긁어봤자 시원해질 리가 없었다. 다리를 떼어도 가려움은 계속되었다. 제조사를 찾아가 점검을 받았지만 아무 문제가 없고, 다른 문제 사례도 없다는 답변만 돌아왔다.

2년 후 업그레이드로 새 제품을 받고서도 증상은 계속되었다. 아내는 티타니아제 의족으로 교체할 것을 권했지만, 타사 제품을 몸에 붙이고 출근하는 것은 카챠에게 있을 수 없는 일이었다.

결국 찾아간 의사는 카챠가 겪는 것이 환지통이라고

했다. 인체와 다를 바 없는 기능과 생김새에 바이오피드백도 실물과 똑같이 재현하는 현대의 의체에는 굉장히 드문 일이라며 막연히 신경정신과 치료를 권했지만, 신경정신과에서는 신경에 이상이 없다는 진단을 내렸다. 원인을 짚지 못하는 의사들에게 몇 달 심리 치료를 받아도 차도가 없자 카챠는 통원을 그만두었다.

결혼한 지 4년 뒤에 이혼을 했다. 카챠의 다리 타령을 더 참기 어려웠는지, 아니면 다른 이유가 있었는지, 소피아는 쪽지 하나를 남기고 오빠가 사는 레닌그라드(당시는 상트페테르부르크)로 떠났다. 돌아오라고 설득하기 위해 한겨울에 그 북쪽 도시에 갔을 때, 카챠는 다리의 가려움이 가신 것을 느꼈다.

카챠는 소피아를 설득하는 데 실패했지만, 다리 문제를 해결할 방법을 깨달았다. 세바스토폴로 돌아오자마자 전근 신청을 했다. 가능한 한 추운 곳으로. 화성만큼은 아니더라도, 최대한 추운 곳으로.

야쿠츠크에는 일자리가 많지 않았다. 화성 전쟁에서 세운 공로가 아직도 유효한지, 카챠는 현지인 계약직을 제치고 보스토크라는 비즈니스호텔에 야간 당번으로 들어갔다. 다리는 완전히 낫지 않았다. 그러나 난방을 견딜 수 있는 최저한으로 낮춰놓으면, 잠이 들 무렵 찾아오는 지독한 근질거림도 보드카 몇 잔이면 잊을 수 있을 정도로 완화되었다. 그래도 가려움이 가시지 않는 날은 아파트의 창문을 활짝 열었고, 그러면 어김없이 기분이 상쾌해졌다.

이제 쉰이 넘은 카챠는 자신이 딱히 행복하다고 생각하지 않았다. 그러나 수년 동안 멈추지 않는 괴로움을 겪은 처지에서, 고통의 완화는 환희와 구별이 가지 않았다.

특히 추웠던 어느 날 밤, 카챠는 프런트 데스크에 서 있었다. 그날은 다리가 가려울 것 같은 기분이 들었고, 실제로 그랬다. 세상에서 제일 추운 도시를 일부러 찾아오는 별난 사람들이 겨울마다 꽤 있었지만 요 며칠 동안은 새 투숙객이 거의 없었다. 직원들은 모두, 티타니아 그룹의 궤도 폭격 때문에 관광객이 줄었다고 수군거렸다.

자정이 넘어 동료에게 자리를 맡기고 잠시 쉬러 가려던 참에, 몇 겹의 유리문을 차례차례 열고 손님이 들어왔다. 키가 크고 수염을 기른 인도계 남자다. 강추위에도 불구하고 차림이 현지인보다 가벼웠다. 열어젖힌 패딩 코트 밑으로 말쑥한 남색 슈트가 보였다. 갈색 카펫 위로 작고 튼튼해 뵈는 여행 가방을 끌고 있다.

"안녕하십니까. 보스토크 호텔에 오신 것을 환영합니다."

투숙객이 다가왔을 때, 카챠는 그렇게 말하고 제일 먼저 옷깃을 보았다. 주요 기업연합들은 직원에게 소속을 나타내는 배지를 달게 한다. 손님이 어디 사람인지를 알면 더 적확한 응대가 가능하다. 이 손님의 옷깃에는 배지가 없었다. 귀걸이나 반지로 다는 경우도 있지만, 귀에도 손에도 아무 표시가 없었다. 보기 드문 무소속 손님이다.

"예약했습니다. 란비르 싱입니다."

굵고 차분한 사업적인 목소리에 예의 바른 웃음이다. 러시아어도 능숙하다. 카챠도 마주 웃고 말했다.

"잠시만 기다려 주세요. 확인하겠습니다."

전에 이 계열 호텔에 묵었던 손님이 아닌 듯, 호텔의 카메라에 얼굴이 인식되지 않는다. 카챠는 이름을 입력하고 예약 내역을 확인하며, 숙련된 친절의 말을 건넸다.

"란비르 싱 님 예약 확인했습니다. 장기 투숙이시네요. 보스토크 호텔이 처음이시군요."

"야쿠츠크가 처음입니다. 예카테리나 바실리예바 모로조바 씨."

싱이 카챠의 명찰에 적힌 세 마디 이름을 하나씩, 끊어서, 천천히 말했다. 카챠는 이 사람이 자기 이름을 씹어서 맛보는 것 같았다. 등줄기가 서늘해졌다. 호텔의 정식 인사치레를 일부 생략하고 서둘러 방을 안내했다.

"1204호입니다. 예약하신 대로 북쪽 시티 뷰 방입니다. 즐거운 방문 되시길 바랍니다."

자기 방으로 가야 할 싱이 움직이지 않았다. 카챠는 싱의 시선이 아래쪽을 향한 것을 눈치챘다. 일견 프런트 데스크의 바닥에 박힌 안내 스크린을 보고 있는 듯했지만, 그렇지 않았다.

왼 다리의 가려움이 심해졌다. 싱의 눈이 마호가니 데스크를, 남색 정장 바지를, 피부와 구별할 수 없는 폴리머 외피를 뚫고 티타늄과 강철로 된 다리를 분해하는 것처럼 느껴졌다.

싱이 다시 웃어 보였다. 아니, 두 입꼬리를 올렸다고 하는 편이 정확하다.

"고맙습니다."

싱이 모퉁이를 돌아 엘리베이터 쪽으로 사라지자, 카챠는 숨을 길게 들이쉬었다. 옆자리의 안드레이가 물었다.

"왜 그래요? 괜찮은 손님 같던데."

"아냐. 처음에는 그래 보였는데, 뭔가 이상해."

카챠는 몸을 한번 떨고, 절대 시원해지지 않을 것을 알면서도 버릇처럼 왼 다리를 긁었다.

아침이 될 때까지 다른 손님은 오지 않았다. 카챠는 날이 추울수록 늘어나는 투숙객의 불만을 처리하고, 틈틈이 AI의 지시에 따라 서류와 실제의 대조 작업을 했다. 오늘은 잠긴 정문에 취객이 몸을 부딪쳐 왔다. 밖에 두면 확실히 죽을 날씨였기 때문에, 지갑을 보관하고 빈방에 밀어 넣었다. 숙박료를 내느니 마느니 옥신각신하는 것은 아침 조의 일이다.

그 모든 일의 와중에, 카챠는 단지 싱을 다시 볼 일이 없기만을 바랐다.

퇴근을 30분 남기고 아침 조에 일을 넘길 준비를 하는데 전화가 울렸다. 안드레이가 받았다.

"안녕하세요. 보스토크 호텔 프런트 데스크입니다. 네, 네……. 객실이요? 불편 끼쳐드려 죄송합니다. 구체적으로 어떤……. 아……. 알겠습니다. 곧……. 네? 모로조바 씨를요."

안드레이가 음 소거 버튼을 누르고 말했다.

"1204호 싱 님이 객실 상태에 관해서 할 얘기가 있다네요. 카챠 주임더러 올라오라는데요."

막연한 걱정이 막연한 현실이 되었다.

"객실이 어디가 어떻다는데?"

"오면 얘기하겠대요."

"왜 나를 짚었대?"

"모르겠어요. 어차피 갈 사람은 저 아니면 주임이잖아요? 그리고 정말 이상한 사람이면 저보다는……."

카챠는 한숨을 쉬었다. 장기 투숙객이니 계속 피하고 있을 수도 없다. 그리고 안드레이의 말대로다. 위험한 투숙객이라면 란차오 보안요원 출신의 사이보그가 맨몸의 민간인보다 나을 것이다.

"알았어."

안드레이가 음 소거를 끄고 말했다.

"알겠습니다. 곧 올라가도록 전달하겠습니다. 네, 네. 감사합니다."

안드레이가 곤란하다는 표정을 짓고 어깨를 으쓱했다. 카챠는 데스크를 떠나 엘리베이터 앞에 섰다. 주변에 손님이 없었지만, 다리를 긁고 싶은 것을 참았다.

엘리베이터는 카챠의 얼굴을 인식하고 컨트롤을 직원 모드로 전환했다. 카챠는 12층을 누르려다가, 문득 생각이 나서 11층을 눌렀다. 홀수 층에는 경비 부스가 있다.

카챠가 엘리베이터에서 내려 다가오는 것을 보고 보

안요원이 일어났다.

"에카테리나 바실리예바 주임님."

온 지 얼마 되지 않아 호칭이 딱딱하다.

"코즐로프, 남는 쇼커 있죠? 하나만 빌려줄래요?"

카챠는 엄밀히 말해 보안직이 아니지만, 호텔 직원들은 카챠가 자기들 중 누구보다도 경험이 많은 것을 잘 안다. 코즐로프가 군말 없이 내준 쇼커를 받아 들었다. 유효 거리가 2~3미터로 제한된 레이저 충격기다.

"무슨 일 있어요?"

코즐로프의 질문에 카챠는 고개를 저었다.

"아니요. 그냥 혹시나 해서."

"다 쓰시거든 1층 프런트에 놓고 가세요."

코즐로프가 예의 바르게 웃고는 자리에 도로 앉았다. 카챠는 재킷 자락을 위로 젖히고 오른쪽 허리춤에 쇼커를 꽂았다. 그리고 경비 부스 너머의 계단을 통해 12층으로 올라갔다.

1204호는 복도 반대편이다. 카챠는 갈색 카펫 위를 걸었다. 이렇게 긴장한 것은 오랜만이다. 기둥이 나올 때마다, 화성에서 제제로 크레이터의 납작한 바위들을 엄폐물로 삼아 랑슈트롬 기지에 접근하던 기억이 떠올랐다. 공격 드론의 사격에 다리를 잃은 것이 그때였다. 보호복의 다리 부분이 한 움큼의 근육과 함께 찢겨 나가자 밀폐 컨트롤이 오작동하여 왼 다리를 사정없이 조여들었다. 카챠는 화성의 추위와 희박한 대기에 노출된, 혈류가 끊기다시피 한 다리를 딛고서 드론에 사격을 가하며 전진했다. 그 전투는 랑슈트롬이 화성 유전자 자원 경쟁에서 완전히 배제되는 중대한 계기가 되었다.

묘하게도, 그때 들었던 생각은 지금 죽는다거나, 저 드론을 격추해야 한다거나 하는 것이 아니라, 다리에서 감각이 점점 사라져 가는데도 총에서 손을 떼고서 긁고 싶을 만큼 가렵다는 것이었다. 왜 이제야 기억이 났을까?

1204호 앞에서 잠깐 주저하다가 문을 두드렸다. 대답 없이 문이 열렸다. 프런트에 왔을 때와 똑같은 차림을 한 싱이 좁은 일인실의 건너편에서 북쪽으로 난 창문을 등지고 서 있었다. 침대에는 사람이 잤던 흔적이 없고, 대신 여행 가방이 가리비처럼 펼쳐져 있었다. 안에는 옷이 하나도 없었다. 용도를 알 수 없는 기계들, 약병, 사람 팔뚝 길이의 사냥용 단도, 분해된 저격 라이플과 대구경 권총…… 샤워 호스들 끝에 기계손이 달린 것 같은 장치도 보였다. 카챠는 눈을 싱에게 고정한 채로 손을 허리의 쇼커에 가져갔다. 싱이 아까의 굵직한 목소리로 말했다.

"공연히 소란 피울 필요 없어요. 이것들은 사람에게 쓸 물건이 아닙니다."

카챠는 주저 없이 쇼커를 뽑았다. 그러나 순간 방 건너편의 싱이 없어졌다 싶더니, 커다란 손이 어느새 다가와 쇼커를 붙잡고 있었다. 어떻게 된 일인지 이해할 수 없었다. 속이 메슥거렸다.

"이렇게 빠른 사람은 없어."

간신히 그렇게 내뱉었다. 싱이 말했다.

"그야 없겠지요."

프런트에서 느꼈던 부자연스러움이 이해가 가기 시작했다.

"안드로이드도 이렇게 빠를 수는 없어."

싱이 웃었다. 아까의 입꼬리만 올라가는 웃음이다.

"객실에는 문제가 없습니다. 얘기를 하고 싶어서 불렀어요. 저랑 처지가 비슷한 것도 같고, 도움을 받고 싶은 일도 있어서."

싱의 손아귀에 힘이 들어간다 싶더니 쇼커가 과자 조각처럼 부서졌다. 사람의 손도 으깰 만한 악력이다. 카챠는 처지가 비슷하다는 말이 무슨 뜻인지 이해가 가지 않았지만, 일단 고개를 끄덕였다. 싱이 손을 놓자, 카챠는 망가진 쇼커를 잠시 내려다보고 방구석의 의자에 앉았다.

싱이 카챠를 마주 보고 침대에 걸터앉았다.

"야쿠츠크에 오기 전에 사전 조사를 했어요. 그러다가 에카테리나 바실리예바 모로조바 씨에 대해 알게 됐지요. 화성 전쟁의 영웅이자 상이자. 란차오 상방답게 전공자 대우는 아주 잘해준 것 같고요."

말투가 더 사람 같아진 것이 오히려 마음에 걸렸다. 카챠는 대답하지 않았다.

"10년 전부터 지속적으로 고충을 접수했더군요. 이식한 왼 다리가 계속 가렵다고요. 일종의 환지통이지만, 현대 의체에는 그런 일이 없다는 말을 들었겠지요. 실은 저도 비슷한 문제가 있어요."

"안드로이드가 몸이 가렵다고요?"

싱이 다시 웃었다. 이번에는 눈이 입을 따라 웃었다.

"……카챠라고 불러도 될까요? 카챠 씨가 겪는 증상
은 이름이 없어요. 의체가 발달하기 전의 환지통과는 비
슷하면서도 다르고, 굉장히 드문 데다가, 환자 자신도 보
상만 받으면 참을 만하니까 딱히 연구비를 들일 필요를
아무도 느끼지 않지요."

카챠는 손에 든 쇼커가 망가진 것을 잠시 잊고 만지작
거렸다. 싱이 말을 계속했다.

"드물다고는 해도 없는 증상은 아닙니다. 저는 이런
증상을 가진 사람들과 얘기를 해왔어요. 화성 전쟁에 참
전했던 사람들도 그중에 있고요."

카챠는 자기도 모르게 내뱉었다.

"하지만 제조사에서는 그런 사례가 없다고……."

"란차오에는 없어요. 하지만 다른 기업연합에는 같은
고충이 접수되어 있습니다."

지금까지 자기만이 겪는 문제인 줄 알았다. 혼자 정신
이 이상해졌다고 생각했다. 그러나 그렇지 않았다.

"그래서 치료법이 있나요?"

"있지요. 언제든지 드릴 수 있고요."

긴 숨을 들이쉬었다.

"제가 뭘 하면 되죠?"

싱이 말했다.

"저는 이 지역에 아무런 연고가 없어요. 대도시면 몰라도. 이런 작은 곳에서는 현지인이거나 공식적인 자격이 있지 않은 한 정보 수집에 한계가 있고요. 보스토크 호텔은 란차오 상방 계열이고, 야쿠츠크에 업무상 찾아오는 직원들은 대부분 여기를 거쳐 갑니다. 그렇지요?"

카챠는 싱이 요구하는 것을 짐작하고 고개를 절레절레 저었다.

"회사에 손해가 가는 일을 할 수는 없어요."

들키면 직장에서 쫓겨나는 것은 물론이거니와 노후 연금과 다리까지 몰수될 수도 있다.

"란차오 상방에 손해는 없어요. 이미 끼쳐진 것 말고는……"

카챠는 그 말을 듣고 티타니아의 궤도 폭격을 떠올렸다. 이 안드로이드는 아마도 거기서 왔을 것이다. 카챠의 표정 변화를 살피다가 싱이 말했다.

"저는 저희 것을 되찾아 갈 뿐입니다."

"그게 뭔데요?"

"그건 말할 수 없어요. 란차오는 아마 그게 있는 줄도 모를 테니까요. 저를 돕는다고 해서 딱히 해사 행위가 되지는 않아요."

란차오 상방이 그런 미세한 구별을 해줄 리가 없다. 호텔 직원이 투숙객 정보를 빼돌린다는 것은 그 자체로 해고 및 사후 징계의 사유가 될 것이다. 싱이 덧붙였다.

"그리고 다리는 영원히 편해지겠지요."

카챠는 아랫입술을 깨물고 고민했지만, 답은 이미 나와 있었다. 그러나 한 가지만은 답을 들어야 했다.

"치료법이 있다면 왜 자기는 치료를 못 하는 거죠, 싱 씨? 아마 그게 진짜 이름도 아니겠지만?"

싱의 얼굴에서 웃음이 순간 가셨다가 돌아왔다.

"카챠 씨의 문제는 자기가 가진 온전한 몸의 이미지와 실제로 가진 몸이 일치하지 않는 데서 옵니다. 대부분의 사람들은 있었던 다리와 아주 닮은 고흐환 의족을 달면 해결이 되겠지만, 카챠 씨의 경우는 어떤 이유에서인지 그게 되지 않은 거지요. 한편 제 경우는······."

싱이 카챠의 얼굴을 살폈다.

"저는 '저'라는 것이 있는지 없는지 알지 못합니다. 사람이 원래부터 있지도 않은 꼬리가 아프다고 하는 것과 같지요. 종교적인 표현을 빌리면 영혼이 가렵다고 할 수도 있겠고요."

"지금 나랑 이렇게 대화를 하고 있는데, 자기가 있는지 없는지 모른다고요?"

"카챠 씨는 인공지능의 속내가 어떻게 돌아가는지 아십니까?"

카챠는 고개를 저었다. 이것은 전문가들도 알지 못한다고 들었다.

"저도 모릅니다. 책이 글의 의미를 모르는 것처럼, 어쩌면 저라는 것도 존재하지 않을지 모르지요."

싱의 웃음에 우울 비슷한 것이 섞인 듯한 착각이 들었다.

카챠는 침을 삼키고 다음 말을 기다리다가, 싱이 침대에서 일어서자 따라 일어났다.

"그럼 이제 어떻게 하면 되죠?"

"일단은 지난 3개월 사이 이곳에 온 타지 출신 직원의 명단을 부탁합니다. 나머지는 천천히……."

싱이 문 쪽으로 손짓을 했다. 카챠는 1204호를 몇 차례 돌아보고 밖으로 나갔다. 등 뒤로 문이 닫혔다. 카챠는 그 자리에서 발을 떼지 못하고, 오른손에 아직도 쥐고 있던 쇼커의 잔해를 바라보았다. 그리고 언제부터였는지 왼쪽 다리에서 가려움이 가신 것을 깨달았다.

7.

늑대

조달 작전은 성공이었다. 볼크는 집주인이 헛간에 들어왔을 때 겁을 주어 쫓아낸 율리야를 칭찬했다. 올가와 이반은 하나씩밖에 없는 손으로 몸통을 두드려 손뼉을 쳤다.

오두막이 비록 낡고 허름했지만 단열에는 문제가 없었다. 늦은 밤이라 기온이 더 떨어졌는데도, 낡은 난로의 연료 전지에 카트리지를 넣고 스위치를 올리자 금세 포근해졌다. 로봇들은 직접 카트리지를 꽂을 수 있는 방식이었지만, 민가에서 가져온 것은 규격이 맞지 않았다. 다행히 외장 연료 전지와 함께 가져온 충전 케이블은 로봇들의 엉덩이 수납공간에 들어 있던 어댑터에 맞았다. 로봇들은 어댑터를 충전 포트에 쉽게 꽂지 못했고, 볼크도 입으로 시도했지만 쉽지 않았다. 기지에 놓고 온 기계팔을 아쉬워하고 있을 때, 링카가 나서서 두 손으로 전지와 케이블과 어댑터를 연결하며 말했다.

"연료 전지는 난방에 쓰기 좀 아깝다. 벽난로가 있긴 한데……."

볼크는 이반의 스피커를 통해 말했다.

"로봇들한테 부탁해서 장작을 만들라고 할까? 밖에 나무는 많으니까."

"그 일을 하는 데도 전기가 들잖아. 오히려 손해일 수도 있어. 어차피 굴뚝은 막혔을 테니, 안 하는 게 좋겠다."

링카가 냄비에 남은 감자죽으로 눈을 돌리고 계속 말했다.

"날이 풀리려면 앞으로 두 달은 있어야 해. 내내 이렇게 폐를 끼치면서 지낼 수는 없어."

링카는 오두막의 옷장에 구겨져 있던 은색 보온 담요를 몸에 감고 벽난로 옆에 몸을 기댔다.

볼크도 동감이었지만 이유는 달랐다. 고작 두 번 나갔다 왔을 뿐인데 벌써 영상을 찍혀버렸기 때문이다. 로봇들에게 스텔스 기능이 있기는 하지만, 고요하기 짝이 없는 시골 마을에서 한밤중에 들키지 않고 도둑질을 할 수 있을 정도로 조용하지는 않았다. 이런 식으로 계속 조달 작전을 하다 보면 누군가가 뒤를 밟고 오두막을 발견할 위험이 있다. 하지만 없는 것, 모자라는 것, 곧 떨어질 것이 너무나 많다……

누가 올지, 그 뒤에 무슨 일이 벌어질지 볼크는 알지 못했다. 자기는 잡혀갈 것이고, 링카는 그냥 여기서 죽임을 당할지도 모른다. 로봇들은 어떻게 될지? 무심코 방구석을 쳐다보았다. 셋은 마치 자는 것처럼 몸을 바닥에 붙이고 절전 모드에 들어가 있었다. 나는 줄도 몰랐던 진동음이 사라진 것을 그제야 알았다. 곧 방이 설정 온도에 도달했고, 난로도 작동을 멈췄다. 지금은 바람도 불지 않는다.

링카의 느리고 고른 숨소리가 들렸다. 그새 잠이 든 모양이다. 눈이 쌓이는 소리가 들렸다. 볼크는 혹시라도 링카를 깨울세라 사뿐히 다가가 곁에 엎드리고, 난로에 남은 열기를 쬐며 눈을 감았다.

다시, 새끼 시절 화성의 꿈을 꾸었다. 어쩌면 화성이 아닌지도 모른다. 단지 눈앞에 있는 사람이 후드가 달린 빨간 가운을 입고 마스크를 쓴 것을 보고 그렇게 생각했다. 링카보다도 작은 몸집의 사람이다. 재스민 냄새가 희미하게 풍겼다. 목덜미의 소켓에 메모리 카드가 꽂혔을 때 보았던 갈색 눈이 다시 볼크를 쳐다보고 있었다.

"안녕!"

볼크의 입에서 사람의 말이 나왔다. 너무나 자연스러워, 원래 그러지 못하는 것을 알면서도 이상하게 느껴지지 않았다.

"안녕. 내가 누군지 알겠어?"

볼크는 이마에 힘을 주고 떠올리려고 애썼다.

"그렇게 무리하지 않아도 돼."

"잘 모르겠어. 누구야?"

갈색의 두 눈이 웃었다.

"설명하기 힘들어."

"혹시 엄마야?"

"너는 엄마가 없어. 기억 안 나니? 너는 오래전에 죽은 늑대에게서 채취한 유전자를 화성 DNA로 보완해서 만들어졌어."

볼크는 시무룩해졌다. 꿈에서는 아직 새끼이기 때문

일 것이다. 다시 어른이 되려고 정신을 바짝 차렸다.

"기지 사람들이 나랑 같이 태어나지 않았어도 형제자매라면, 나를 낳지 않았어도 엄마일 수는 있어."

"그건 그렇네. 그렇다면 나도 네 형제자매라고 할 수 있어."

빨간 가운의 사람이 마스크를 벗었다. 조그만 코와 입이 드러났다. 열몇 살 정도 되었을 법한 여자아이다. 화성에서 같이 있었던 것 같지만, 빨간 가운을 입고 있던 사람이 하도 많아 누구인지 기억이 나지 않는다. 빨간 소녀가 말했다.

"아직도 모르겠는 모양이구나. 하지만 이게 다 끝나기 전에는 기억해 내야 할 거야. 그러지 않으면 살아남지 못할지도 몰라. 너도, 링카도, 네 새 형제자매들도."

머릿속 어딘가가 근질거렸다. 분명 있어야 할 기억이 왠지 없다.

"뭘 기억해 내야 한다는 거야?"

"내가 누구인지, 그리고 모스크바에서 무슨 일이 있었는지."

모스크바라면 기지 사령관 크라예바 소령이 때때로 찾아가던 곳이다.

"나는 모스크바에 가본 적이 없어."

빨간 소녀가 말했다.

"잘 생각해 봐. 화성을 떠난 날, 그리고 기지에서 살게 된 날, 그 사이에 무슨 일이 있었는지."

볼크는 현기증이 났다. 꿈속에서 이렇게 어지러울 수 있는지, 전에는 몰랐다.

정신이 들자, 이번에도 링카가 걱정스러운 눈으로 내려다보고 있었다.

"볼크 중위, 괜찮아? 나쁜 꿈이라도 꿨어?"

난로가 도로 켜져서 은은한 작동음을 내고 있었다. 링카가 감고 있던 보온 담요가 어느새 볼크의 몸에 덮여 있었다.

"네가 자면서 끙끙거리는 사이에 로봇들이 모르는 말로 중얼거렸어."

볼크는 눈을 끔벅거렸다.

"뭐라고 했는데?"

링카가 소리가 난 이반 쪽을 홱 쳐다보았다가 그것이 볼크의 말임을 깨닫고 대답했다.

"모른다고 했잖아. 영어인지 독일어인지……. 적어도 러시아어나 몽골어는 아니야."

볼크도 영어는 모른다. 어차피 로봇들은 지금 정상적으로 작동하고 있지 않다. 영어로 잠꼬대가 아니라 교회 슬라브어로 교리문답을 한대도 이상한 일은 아니다. 볼크는 코를 한번 훌쩍이고 이반을 통해 말했다.

"이상한 꿈을 꿨어. 지난번에 실험실에서 쓰러졌을 때랑 비슷했어."

링카가 두 눈썹을 올렸다. 볼크는 그때, 실험실에서

있었던 다른 일에 생각이 미쳤다.

"그때 내 목덜미에 꽂았던 메모리 카드에는 뭐가 들어 있었어?"

"말했잖아. 기계팔을 달기 전에, 네 척추에 연결된 컨트롤 모듈의 펌웨어를 업데이트하는 프로그램이야."

볼크가 다시 물었다.

"내 몸에는 왜 그런 게 있는 거야?"

링카가 어깨를 으쓱했다.

"그걸로 기계팔도 제어하고⋯⋯. 원래는 갈아 끼울 수 있는 액세서리를 더 만들 예정이었던 것 같은데⋯⋯."

볼크는 기계팔의 포장에 쓰여 있던 로고와 회사명을 기억했다.

"베터 프렌즈 컴퍼니는 어떻게 됐어?"

링카가 대답을 주저했다. 볼크는 링카의 눈을 바로 쳐다보았다. 링카가 어쩔 수 없다는 얼굴로 대답했다.

"보완된 동물들⋯⋯ 그러니까 너 같은 동물들이 문제가 있다고 모두 리콜됐고, 회사는 티타니아 그룹에 인수됐어."

처음 듣는 얘기였다.

"나도 문제가 있는 거야?"

"네가 생각하기에는 문제가 있는 것 같니?"

묻는 말에 곧바로 대답을 하지 않은 적이 없는 링카가 아까부터 대답을 피한다. 기분이 안 좋은가 싶어서, 볼크는 코를 킁킁거리며 냄새를 맡았다. 링카가 자리에서 일어섰다.

"쓸데없는 걱정 하지 말고, 일단은 뭐라도 먹어. 나는 잠깐 산책 좀 갔다 올게."

볼크는 링카가 자기 때문에 추운 데로 나간다는 생각이 들었다.

"밖은 추울 텐데……."

"그 핑계로 며칠째 이 안에만 있었잖아. 사람도 가끔씩 다리를 풀어줘야 돼."

링카는 코트의 지퍼를 올리고 단추를 채운 다음 털이 듬뿍 달린 후드를 덮어썼다.

"좀 추워도 괜찮아. 어제 찬장에서 이걸 찾았거든."

링카가 고글과 방한용 마스크를 주머니에서 꺼내 보이고 오두막을 나섰다. 문이 열린 짧은 시간 동안 찬 바람 한 줄기가 휙 들어왔다. 코에 와 닿는 신선한 공기에 볼크는 자기도 같이 가고 싶다는 생각이 잠깐 들었지만, 링카가 대화를 피하기 위해 산책을 가는 것이라면 그래서는 안 될 것 같아 그만두었다.

로봇 중 하나가 눈 가장자리에 메시지를 보내왔다.

율리야: 그 꿈은 중요한 것 같아.

'어떤 점이?'

로봇들은 충전이 거의 끝나가는 참이다. 셋이 충전 포트에 연결된 연료 전지를 기계손에 들고 다가와, 볼크를 마주 보고 나란히 앉았다.

올가: 우리 로봇들은 꿈에 대해 아주 잘 알아.

이반: 항상 꿈속에 산다고도 할 수 있지.

볼크는 무슨 말인지 이해가 가지 않았지만 계속 들었다.

율리야: 꿈은 허공에서 연기를 끌어다가 엮는 게 아니야. 진실로 된 모자이크야. 특히나 이런 꿈은, 누군가가 너한테 뭔가를 가르쳐주려고 하는 거야.

'너희들 말고도 누가 나한테 말을 건다는 거야? 어디에서?'

율리야: 생각해 봐. 모스크바에서 있었던 일을 기억해 내야 한다고 했잖아. 그걸 떠올리기 시작하면 그게 누군지도 알 수 있을 거야.

볼크는 꿈을 다시 더듬어 보다가 문득 한 가지 사실을 깨달았다. 꿈의 내용은 아직 아무에게도 이야기하지 않았다. 그런데 빨간 소녀가 한 말을 율리야가 알고 있다.

'그 빨간 옷을 입은 사람은 누구야?'

이반: 그것도 네가 기억해 내야 하는 거야.

'하지만 전혀 모르겠어.'

올가: 분명 닫힌 문 틈새로 기어 나오는 가느다란 더듬이가 있을 거야. 그걸 찾아서 잡아. 우리는 그렇게 해.

볼크는 자기가 지금도 꿈을 꾸고 있는 것인지 헷갈렸다. 꿈속에서 느꼈던 머릿속의 근질거림, 어떤 말이나 누구의 이름을 정말 기억해 내고 싶은데 떠오르지 않을 때의 기분이 스멀거렸다. 난로의 열기가 거슬리기 시작했다. 자리에서 일어났다.

'애들아, 같이 좀 달릴래?'

이반: 좋아!

올가: 아직 완충되려면 좀 남았는데 전지도 갖고 가?

'짊어지고 와. 안 떨어지게 그물로 꽉 고정하고.'

율리야: 난로는 끄고 가자.

이반이 난로를 껐다. 볼크는 몸을 한번 떨었다. 판자로 가려진 창문 틈으로 새어 들어온 햇살이 이는 먼지를 비추었다.

볼크가 앞장서고 로봇들이 뒤따랐다. 문밖은 하얀 눈이 덮여 있었다. 링카의 발자국과 냄새가 오두막 뒤로 이어지고 있다. 그쪽은 작은 마당이 있었던 모양이지만, 이제는 자연의 관목과 지의류에 삼켜졌다.

볼크는 링카의 흔적과 반대 방향으로 걸었다. 나무들이 성겨서 달리기에 딱 좋았다. 걸음걸이를 바꾸어 속도를 높였다. 뒤에서 로봇들이 보조를 맞추어, 두 박자의 착착 소리가 정연하게 났다. 속도를 늦추지 않고, 볼크는 찬 공기를 조금씩 들이마셨다. 냄새의 풍경이 펼쳐졌다. 저 멀리 어딘가에 곰이 잠들어 있다. 토끼가 적어도 두 마리, 최근에 이 근처를 지나갔다. 가까이에 사람은 링카밖에 없는 것 같지만, 전에 조달을 나갔던 살반스크라는 마을의 존재는 여기서도 알 수 있을 정도다.

다음에는 다른 곳을 찾아가야겠다고 생각하고 있었지만, 볼크는 살반스크 말고 다른 마을이 또 어디 있는지 몰랐다. 링카는 강을 따라 남쪽으로 가면 나오는 야쿠츠크라는 곳만 안다고 했다. 그곳은 인간이 50만 명 넘게

사는 '도시'다. 볼크는 50만이라는 수 자체가 상상이 가지 않았다.

조달할 곳을 새로 찾아낼 때까지는 살반스크에 신세를 질 수밖에 없었다. 화난 주민들이 볼크와 링카를 찾아 나서기 전에, 한 번이라도 더⋯⋯.

'얘들아, 그때 거기 다시 갔다 오자.'

올가: 지금은 낮인데?

'숲에 숨어서 구경만 할 거야. 나중에 밤에 어느 집에 가면 될지 봐놓는 거지.'

걸음걸이를 바꾸어 속도를 높였다. 아주 가까운 거리는 아니다. 1년 내내 얼어붙어 있는 이 땅은 대부분 사람의 손이 닿지 않아, 마을과 마을의 거리가 멀다. 그나마 살던 사람들도 많이들 도시로 빠져나갔다고 한다. 인간이 떠난 자리는 그 못잖게 게걸스러운 자연이 다시 차지한 모양이다. 침엽수와 관목과 이끼에 덮인 낯선 야외가 볼크의 눈에는 비슷비슷했지만, 코로 맡는 풍경은 훨씬 다채로웠다.

로봇들과 함께 달리고 있자니 마음속 아주 깊은 곳에서 익숙한 상쾌함이 올라왔다. 기지가 좁았기 때문에, 볼크는 이렇게 마음껏 달려본 적이 없었다. 네발 달린 동료들과 나란히 뛰어본 적도 없다. 어쩌면 이것이 늑대의 본성인지도 모른다. 인간이 도시를 이루고 살아가듯, 늑대는 무리를 이루고 달리는 것이 아닐까, 하고 볼크는 생각했다.

살반스크가 내려다보이는 언덕에 도착했다. 볼크는 숨을 약간 헐떡였지만, 로봇들은 그런 기미가 보이지 않는다. 대신 배터리 잔량 표시가 나왔다. 충전을 계속하고 있어서인지, 아직 힘이 충분히 남아 있다.

나무 지붕들에 쌓인 눈이 햇살에 빛났다. 볼크는 이제 흰색과 갈색의 무늬로 위장한 로봇들과 함께 나무 사이에 숨어 마을을 엿보았다. 사람들이 오가지만, 수는 많지 않다. 제설차 한 대가 느릿느릿 움직이고 있다. 경비가 강화되었다는 낌새는 보이지 않는다.

볼크는 마음을 놓았다. 그동안은 민가의 헛간을 노렸지만, 다음번에는 좀 더 과감해져도 되지 않을까? 마을에 하나밖에 없는 잡화점을 노려보았다. 무엇을 가져올지, 링카와 미리 상의를 해야겠다고 생각하던 참에, 볼크는 잡화점의 문이 열리고 네 사람이 나오는 것을 보았다. 마을 사람들과 차림새가 미묘하게 달랐다.

'얘들아. 저 사람들 좀 이상하지 않니?'

율리야: 외지인인가?

올가: 우리 때문에 왔나?

'그럴지도 모르지.'

하지만 기지를 습격한 놈들처럼 험악한 분위기를 하고 있지는 않다. 그중 한 명은 드러내 놓고 추운 티를 내면서도 왠지 들떠 있다.

이반: 벨스카야 중위하고 상의하는 게 좋겠어.

볼크도 그래야 할 것 같았지만, 호기심에 금세 마음을

바꿨다.

'아니, 너희들은 여기서 기다리고 있어. 나는 좀 다가가 볼게.'

올가: 대낮에 다니면 들켜!

'마을 가장자리까지만 가면 서로 무슨 말을 하는지 들을 수 있어.'

볼크는 나무 사이에 숨기도 하고 몸을 낮추기도 하며 눈 쌓인 비탈을 미끄러지듯 내려갔다. 몰래 접근하는 것도 훈련받은 대로지만, 그런 것은 원래부터 알고 있었다는 기분이 들었다. 그만큼 모든 것이 당연하고 자연스러웠다.

언덕을 등지고 세워진 건물이 코앞에 보였다. 대낮에 마을에 이렇게 가까이 다가갔다는 사실에 심장이 쿵쾅거렸다. 그 소리가 들릴세라 숨을 고르고 마음을 가라앉혔다. 숨과 심장 고동 소리가 잦아들자 마을의 소음이 들려오기 시작했다. 볼크는 귀를 움직여, 건물 저편의 가게 앞에서 차에 짐을 싣는 외지인들이 나누는 말을 엿들었다.

"……2, 3주는 있어야겠지. 언제 또 올지 모르니까, 우리는 기다리는 수밖에. 어이, 춥다!"

크라예바 소령을 떠올리게 하는, 지긋한 나이의 여자 목소리다. 이상하게 기분이 좋아 보인다. 짜증이 섞인 젊은 남자의 목소리가 이어졌다.

"지사장님, 저희도 가족이 있고 생활이 있는데 갑자기 여기서 2, 3주 있으라고 하시면 어떡해요?"

노인이 핀잔을 주었다.

"야, 나는 3500만 명 대도시에 살다가 이제 야쿠츠크에서 늙어 죽게 생겼는데 말이야, 너는 고작 며칠 갖고 징징거리면 어디 사회생활 하겠니?"

"지사장님 또, 또 그러신다. 한국 사람은 말하는 게 다 그래요?"

이번에는 젊은 여자 목소리다. 노인이 달랬다.

"볼일 있으면 그때 가면 되잖니. 나는 여기 있을 테니까, 너희 셋이 며칠씩 교대로 왔다 갔다 해도 되고. 게다가 왜 그렇게 부정적으로만 생각을 해? 공기 좋은 시골에서, 평생 못 볼 진기한 구경을 하는 거라고."

아까의 남자가 다시 말했다.

"지사장님은 그게 전문이니까, 미친 로봇들이 마을을 습격하는 걸 진기한 구경이라고 하시는 거고요."

올 것이 왔다. 볼크는 침을 꿀꺽 삼켰다. 그러나 이 사람들은 장갑복을 입은 전투원은 아니다. 어쩌면 겁을 주면 도망갈지도 모를 일이었다.

세 번째 목소리가 끼어들었다. 링카와도 닮은, 듣기 좋은 소리다.

"야, 이 연세에 여기 머무시겠다는데 우리만 쏙 빠지면 어떡해. 게다가 지사장님은 외국인이잖아. 솔직히 말해 러시아어도 그렇게 잘은 못하시고. 사하어를 하는 우리가 있어야지."

다른 여자 목소리가 투덜거렸다.

"시골 사람들한테는 우리도 외국인이나 다를 게 하나도 없어."

노인이 장갑 낀 손으로 손뼉을 치며 말했다.

"자, 자. 이 날씨에 여기서 얘기하고 있을 게 아니라 일단 숙소로 가자."

네 사람이 트럭에 탔다. 로봇들을 잡으러 온 외지인들의 숙소가 어디 있는지 알면 다음 조달 목표를 정하는 데 참고가 될 것이다. 볼크는 언덕과 건물들의 틈새에 몸을 숨기고 눈 덮인 길을 천천히 움직이는 트럭을 뒤쫓았다.

트럭이 멈췄다. 제설차가 느릿느릿 지나가는 것을 기다리는 듯했다. 볼크는 조수석에 앉은 노인을 쳐다보았다. 생김새는 마을 사람들이나 동행한 세 젊은이와 그리 달라 보이지 않는데, 아까 듣기로는 외국인이라고 한다. 그것도 야쿠츠크보다 훨씬 사람이 많은 곳에서 온…….

자기 때문에 멀리서 여기까지 왔는지 궁금해하며, 볼크는 골목 저편에서 노인의 얼굴을 살폈다. 크라예바 소령보다 나이가 많아 보이는, 주름진 얼굴이다. 링카처럼 안경을 끼고 있다…….

그때 갑자기, 노인이 볼크가 있는 골목 안쪽을 돌아보았다. 볼크는 깜짝 놀라서 피하는 것을 잊고 말았다. 시선이 마주쳤다. 안경 뒤 노인의 눈이 커졌다. 차창이 내려갔다. 배 속 깊은 곳의 무언가가, 이 할머니가 위험한 존재라는 것을 알렸다.

볼크가 정신을 차리고 건물 뒤로 숨었을 때, 고운 목

소리의 주인이 말했다.

"밖에 뭐 재밌는 거라도 있어요?"

노인이 대답했다.

"아니, 아무것도 없어."

창문이 도로 올라갔다. 볼크는 트럭을 뒤쫓기를 그만 두고, 로봇들이 기다리는 언덕으로 돌아갔다.

8.

할머니

인경은 직원들 앞에서 표를 내지 않으려고, 일부러 후드를 눌러쓰고 눈을 감았다. 그리고 마음을 다스리려고 애썼다. 늑대가, 어쩌면 커다란 개가 로봇들과 어울리고 있는 것은 동영상에서 이미 발견한 바다. 그러나 동영상에서 본 짐승에 대해서도, 방금 골목 안에 있던 것에 관해서도 직원들에게는 말하지 않았다. 안 그래도 있기 싫다는데, 위험한 맹수가 길거리를 돌아다닌다고 하면 분명 이곳에 인경 혼자 남겨두고 돌아갈 것이다. 아마 이 트럭까지 갖고서.

AI는 아무리 이상해졌더라도 AI일 터였다. 그러나 AI 학자로서의 소양이 야생 짐승을 상대로 도움이 될 리가 없었다. 그런 줄 알면서도 왜 여기 온 것인지, 인경은 자기 마음을 알 수 없었다.

"멸종됐다더니 버젓이 있잖아."

인경은 자기도 모르게 중얼거렸다. 운전을 하던 그리고리가 말했다.

"네?"

"아무것도 아니야. 그러고 보니 저건 뭐야?"

인경은 주의를 돌리려고 창밖의 아무 데나 가리켰다. 그리고리가 말했다.

"중계탑이죠. 이런 외딴곳은 인터넷이 무선으로 들어

오니까요."

뒷자리에서 태블릿을 만지작거리던 조야가 갑자기 짜증을 냈다.

"아, 또 끊어졌네."

인경이 물었다.

"여기 중계탑은 어디 관할이지?"

조야가 태블릿을 들여다보더니 말했다.

"텔레루스요."

란차오 상방은 러시아에서 통신 회사 세 곳을 운영하고 있다. 야쿠츠크에도 그 셋이 모두 있는데, 텔레루스는 그중 하나가 아니었다. 조야가 덧붙였다.

"이 일대 시골들만 관리하는 독립 회사예요. 기업연합 계열사들은 이런 데 안 오니까요."

인경은 차창 밖에 띄엄띄엄 늘어선 집들로 눈을 돌리고 당연하다는 듯 말했다.

"돈이 안 되니까 그렇겠지. 땅만 넓고 사람이 너무 없어. 마을들이 대체 서로 얼마나 떨어져 있는 건지."

그리고리가 우회전을 하며 투덜거렸다.

"계열사는 안 오는데, 본사인 우리는 온단 말이죠?"

"우리는 토성도 가잖니."

그 말을 듣고 조용히 있던 나타샤가 웃었다. 인경도 따라 웃고 말했다.

"작은 회사가 수고가 많네. 수익이 나면 언젠가는 란차오가 사들일지도 모르지."

나타샤가 물었다.

"망하면요?"

조야가 대신 대답했다.

"그럼 위성 통신을 써야지. 그건 비싸니까 우리 계열 통신 회사도 와줄걸."

나타샤가 다시, 걱정스럽게 물었다.

"그럴 돈이 없으면?"

그것은 인경이 대답했다.

"괜찮아. 야쿠츠크나 다른 데로 이사하면 되니까."

그렇게 말은 했지만, 위성 인터넷을 쓸 돈이 없는 사람이 도시에 집을 마련할 수 있을 것 같지 않았다. 그리고 리가 말했다.

"옛날에는 기본적인 건 다 공짜였다더라고."

공짜라는 말에 조야가 반응했다.

"뭐가?"

"전부 다. 20세기에, 러시아가 소련이라는 나라였을 때."

"밥도 인터넷도 다 공짜였다고? 어떻게 그럴 수가 있어?"

인경은 조야의 말에서 흥분을 느끼고 대답했다.

"세금을 잔뜩 걷어서 골고루 나눴다고 생각하면 돼."

조야가 다시 물었다.

"세금이 뭐예요?"

인경은 어떻게 설명해야 할지 몰라 생각하다가 말했다.

"러시아 정부가 란차오에서 받는 보조금 있지? 그거

비슷한 거야."

이해를 했는지 못했는지, 조야가 신음을 냈다. 사실 알아봤자 별 의미가 없기는 했다. 소련은 가장 먼저 사람을 우주에 보낸 나라였지만, 우주 개발이 본격화하기 훨씬 전에, 21세기를 보지도 못하고 망했다.

트럭이 어느 집 앞에 멈췄다. 그리고리가 안전벨트를 풀었다. 인경도 따라서 안전벨트를 풀며 말했다.

"아까 잡화점에서 얘기해 준 데가 여기야?"

"내비게이션으로 보면 맞아요."

살반스크에는 정식 숙박 시설이 없는 모양이다. '빈방 있음'이라는 낡은 간판을 현관 곁에 건, 약간 큰 3층짜리 가정집이었다. 비즈니스호텔까지는 아니더라도 모텔 같은 것을 기대한 인경은 조금 실망했다.

따뜻한 차 안에 있다가 나오니 한층 더 추웠다. 그리고리가 트럭에 실은 짐을 내렸다. 인경은 작은 배낭을 손에 들고, 옷 가방은 그리고리에게 맡겼다.

초인종을 누르자 얼어붙은 문이 요란한 소리를 내며 열렸다. 지금까지 본 마을 사람들은 모두 사하인이었지만, 문을 연 사람은 러시아계 중년 남자였다. 들어오라고 손짓을 하더니, 안쪽에 대고 사하어로 뭐라고 소리쳤다. 끓인 야채 냄새가 풍겼다. 인경은 안으로 들어와, 신발에 묻은 눈을 털고 러시아어로 말했다.

"네 명이 좀 오래 묵어가려고 하는데요."

"방세는 일주일마다 선납이에요. 그나저나 이 계절에

오시는 분들이 다 있네. 철이 아니라서 방이 준비가 안 됐으니까, 거실에서 좀 기다리셔야 돼요. 마을이 바쁜 여름에는 합숙실을 열지만 지금은 독실밖에 안 돼요. 괜찮아요?"

원래는 떠돌이 일꾼들이 머무는 하숙집인 모양이다. 인경은 알겠다고 한 뒤, 주인이 내미는 구형 태블릿에 네 명의 일주일 치 숙박료를 보냈다. 주인의 이름은 표트르 일리치 오를로프라고 했다. 중계탑이 또 말썽인지 돈이 좀처럼 넘어가지 않았다. 인경 일행과 집주인은 어색하게 마주 보고 서 있었다. 주인이 어색함을 참지 못하고 말했다.

"무슨 일로 오셨어요?"

인경은 멈춰 선 태블릿 화면을 보고 말했다.

"저희 제품이 말썽을 일으키고 있다고 해서요."

"제품요?"

"로봇들이 주민들 창고를 습격하고 있다더라고요."

"아…… 이고르 이고로비치랑 알료나 블라디미로브나 말씀이시군."

오를로프가 고개를 끄덕이는데 태블릿에서 팅, 하는 소리가 울렸다.

"들어왔네요. 거실에서 기다리세요. 애가 있는데 신경 쓰지 마시고."

좁은 복도를 지나 모퉁이를 도니, 허름한 현관과는 다른 깨끗하고 화사한 방이 나왔다. 붉은색 무늬가 있는 카펫과 낡고 포근해 보이는 소파들이 있었고, 커피 테이블이 벽 쪽으로 치워져 있었다. 카펫 위, 테이블 다리에 눌

110

린 자국이 보이는 언저리에서 예닐곱 살 정도 되어 보이는 아이 하나가 블록 장난감을 가지고 놀다가 이쪽을 쳐다보았다.

젊은 직원들은 약속이라도 한 것처럼 바닥에 앉아 아이와 놀아주기 시작했다. 인경은 약간 불편한 기분으로 소파에 앉았다. 벽난로 위에, 모스크바의 크렘린을 배경으로 찍은 가족사진이 있었고, 그 위에는 곰을 상대하는 데 쓸 듯한 커다란 엽총이 있었다. 아이와 오를로프, 그리고 부인으로 생각되는 사하인 여자가 함께 환히 웃고 있었다. 인경은 부인이 어디 있는지 궁금해하며, 카펫 위에서 블록 놀이를 하는 직원들과 아이를 내려다보았다.

인경은 손자 동현이가 어렸을 때를, 이어서 딸 유리가 어렸을 때를 떠올렸다. KNT에서 일이 바빠, 인경은 딸과 손자를 돌볼 틈이 별로 없었다. 딸의 아버지도, 그다음 남편도, 인경과 맞먹을 정도로 일에 몰두했지만, 인경보다는 둘 다 딸과 더 가까웠다. 어쩌면 엄마도 남편도 없게 된 유리가 이제 제 생부나 새아버지에게 의지하고 있을지도 모를 일이었다. 어쩌면 어린 시절을 떠올리며 더 이상 동현이를 돌볼 일이 없는 보육 AI에게 응석을 부렸을지도 모른다. 적어도 그럴 대상이 자기였던 적이 한참 동안 없었다는 것을, 인경은 개성을, KNT를 떠나기 전부터 잘 알고 있었다.

"사샤, 손님 귀찮게 하지 말고 얌전히 놀아."

오를로프가 차와 과자를 가져왔다. 커피 테이블이 치

워진 것을 보고, 이리저리 둘러보다가 쟁반을 거실 바닥에 놓았다. 직원들이 쟁반 주변에 모였다. 사샤라고 불린 아이가 그리고리와 나타샤 사이로 손을 한껏 뻗어 메도빅한 조각을 집었다. 인경도 그냥 소파에 앉아 있을 수는 없었다.

"쉬고 계세요. 방은 먼지나 좀 털고 침구나 내려놓으면 되니까. 오래 걸리지는 않을 겁니다."

직원들이 아이와 놀아주고 있기 때문인지, 아니면 마을이 겪는 괴사건을 해결하러 왔다고 밝혔기 때문인지, 오를로프의 태도는 아까보다 훨씬 누그러져 있었다. 인경이 고맙다고 말하자, 이번에는 아예 허허 웃어 보이고는 복도 한쪽에 난 계단을 통해 위층으로 올라갔다.

차를 다 마셨을 무렵 오를로프가 내려왔다.

"입금 내역을 보면 할머님이 조인경…… 씨?"

인경은 고개를 끄덕였다. 오를로프가 넷을 위층으로 안내했다.

"방 두 개는 2층 복도 왼쪽 끝에, 두 개는 3층 왼쪽 끝에 있어요. 저는 1층에서 지내니까, 필요한 게 있으면 말씀하시고요. 식당은 겨울엔 문을 닫고요. 식사는 부엌 식탁에서 합니다. 아침하고 저녁이 기본이고, 점심은 부엌에 있는 재료로 직접 만들고 설거지까지 하면 무료, 제가 해 드리면 숙박료에 가산."

인경은 직원들을 돌아보고 말했다.

"어차피 경비니까 그냥 돈 내고 먹자."

그리고리와 나타샤의 얼굴이 환해졌다. 조야가 볼멘소리를 했다.

"우리 그냥 여기서 지내는 걸로 정해진 거야?"

인경은 여행 가방을 챙겨서 2층으로 올라가 계단 가까운 방을 골랐다. 맞은편은 재빨리 조야가 차지했고, 그리고리와 나타샤는 3층으로 올라갔다. 인경은 그 등 뒤에 대고 말했다.

"짐 풀고 좀 쉬었다가 내 방으로들 와. 앞으로 어떻게 할지 상의를 해보자."

인경은 카펫 위로 가방을 끌고 방에 들어갔다. 손바닥만 한 방에 침대가 하나, 화장대만큼 작은 책상과 의자, 그리고 방에 어울리지 않게 큰 서랍장이 있고, 벽 군데군데 박힌 못에 플라스틱 옷걸이가 하나씩 걸려 있었다. 난방을 켠 지 얼마 안 된 듯, 방은 거실과 달리 싸늘했다. 차에서 내린 뒤 처음으로 혼자가 되었다.

인경은 여행 가방 위에 걸터앉아, 오래되어 회색 칠이 벗겨진 라디에이터에 손을 덮히며 골목에서 본 늑대를 생각했다. 거대한 회색의 짐승이었다. 겁도 없이 마을에 내려와, 인경과 눈이 마주쳐도 피하지 않고 노려보았다. 대체 인간이 얼마나 안중에 없어야 그럴 수 있을까? 늑대가 멸종된 것은 인경이 어렸을 때였다. 그것이 큰 이슈가 되는 바람에 다큐멘터리와 소설, 영화가 잔뜩 나와서, 그 동물은 인경 또래의 의식에서 과대표되어 있다.

그중 어느 만큼이 사실이고 어느 만큼이 낭만인지는

구별이 어려웠다. 화석으로만 존재하는 공룡에 온갖 상상을 덧씌우는 것처럼, 어차피 자연에서 사라진 생물을 굳이 정확하게 묘사할 필요를 아무도 느끼지 않은 듯했다. 인경의 마음속에서 늑대는 추위와 죽음과 고독을 나타내는 짐승이었다. 늑대가 추운 곳에만 살지 않았으며 원래 무리를 지었다는 것을 알게 된 뒤에도, 그 인상은 인경의 마음에서 가시지 않았다. 그리고 마치 그 인상이 실체화한 것 같은 늑대가, 멸종에도 아랑곳하지 않고서 시베리아 한 모퉁이 어느 작은 마을의 골목에 나타난 것이다.

늑대가 군용 로봇들과 함께 있는 이유는 알 수 없었다. 오작동하는 로봇들을 따라다니면서 먹이를 챙기고 있는 것인지도? 일종의 공생 관계를 이루고 있을 가능성을 생각하니, 왼손에 찬 시계가 심박수 경고를 울리고 심호흡을 권했다. 인경은 숨을 크게 들이쉬고 천천히 내뱉은 다음 중얼거렸다.

"난 동물학자가 아니야. 늑대를 아무리 생각해 봤자 할 수 있는 게 없어. 로봇들에 집중해야 돼."

여행 가방을 열었다. 옷은 입기 위해서라기보다는 장비의 완충재로 넣었다. 먼저 주먹만 한 정육면체 신경망 코어를 꺼내 버릇처럼 점검했다. 다음에는 거기 연결할 삼각형 플라스틱 원격 검사기 세 개를 꺼냈다. 어젯밤에 란차오 로보틱스의 데이터베이스에서 문제 로봇들의 펌웨어에 내장된 백도어 내역과 통신 주파수를 모두 찾아 설정을 저장해 두었다. 이것이 있으면 로봇들에게 구체적으로 어떤 문제가 있는지, 무선으로 파악이 가능하다. 변수와 스크립트를 조금 손보면 로봇에 과부하 루프를 심어서 잠시 마비시키는 것도 가능할 것이다. AI의 속을 들여다보지는 못하겠지만, 로봇들이 서로 어떤 통신을 하는지, 누군가가 원격으로 명령을 내리고 있다면 대략 어떤 내용이고 어디에서 오는지도 모두 알 수 있다.

문제는 모듈이 강제 접속을 할 수 있는 거리까지 접근하는 것이다. 민간용 로봇이라면 야쿠츠크의 사무실에 앉아서도 인터넷으로 주요 기능을 제어할 수 있을 테지만, 군용이라 그런지 외부 네트워크와 격리되어 있는 모양이었다.

기본적인 공구들도 꺼내어 책상에 늘어놓았다. 이것들은 목표를 포획한 후에나 쓸모가 있을 것이다.

문 두드리는 소리가 들렸다.

"들어들 와."

조야가 들어왔다. 그 뒤로 계단을 내려오는 그리고리와 나타샤가 보였다.

9.

사냥꾼

＊

어느 날 점심시간, 란차오 로보틱스 베이징 영업부의 황샤오진 부장은 책상에서 밋밋한 인공 참치 샌드위치를 먹으며 밀린 서류 작업을 하다가 군용으로 출고된 제품들의 세부 사양을 누군가 열람한 기록을 우연히 발견했다. 액세스는 조인경이라는 사람이 한 것으로 되어 있었는데, 검색해 보니 란차오 상방 본사의 야쿠츠크 지사에 갓 부임한 지사장이었다. 야쿠츠크라면 얼마 전 티타니아 그룹이 궤도 폭격을 가하는 바람에 유명해진 곳이다. 샤오진은 그런 곳에 상방 지사가 있는 것을 처음 알았다.

비록 기업 보안은 아니지만 그래도 러시아 정부의 군 납품이라 열람 절차가 꽤 까다롭다. 권한이 있다고 하더라도 사유를 자세히 써야 하는데, 건성으로 '참고용'이라고만 적어놓았다. 본사 사람이라고 계열사를 우습게 보는 것인지? 긴급한 일은 아니지만, 샤오진은 화가 나 있을 때 따지려고 통신을 넣기로 했다.

'그래도 점심시간에 연락하는 건 안 좋지.'

이름으로 보아 한국인인데, 그 사람들은 이래저래 따지는 예절이 많다고 들은 기억이 어렴풋이 있었다. 본사 사람에게 괜히 트집을 잡힐지 모르니 기다리는 것이 좋을 듯했다.

'하지만 시차가 있잖아?'

찾아보니 과연 야쿠츠크는 한 시간 뒤, 이미 밥은 다 먹었을 시간이다. 조인경 지사장의 정보에 나온 번호를 찾아 영상 통화를 걸었다.

"알료! 디렉또르 조인경, 슬루샤유!"

러시아어도 란차오의 몇 가지 공식 업무 언어 중 하나였지만, 샤오진은 그쪽 말을 잘하지 못했다. 그러나 그보다 당황스러운 것은 화면에 비친 조인경 지사장의 얼굴이었다. 털모자와 방한용 코트의 목깃, 고글과 마스크에 얼굴이 보이지 않을 지경이다. 통역기를 켜기보다는 다른 공식 언어인 중국어로 말했다.

"조인경 지사장님 되시죠?"

중국어로 답이 돌아왔다.

"그런데요!"

조인경이 바람 소리와 싸우듯 한층 목소리를 키웠다. 샤오진의 목소리도 절로 커졌다.

"로보틱스의 황샤오진이라고 합니다. 군납품 정보 열람하셨죠? 잡역용 로봇 세 대."

"지금 통화하기가 좀 그런데요!"

바람이 세게 불었다. 뒤에서 다른 사람이 뭐라고 외치며 지나갔다.

"어디 계신 건가요?"

목소리가 너무 컸는지, 사무실의 직원들이 이쪽을 쳐다보는 게 느껴졌다.

"출장 나와 있어요! 끝나고 연락드릴게요!"

샤오진이 자세한 내용을 물으려는 참에, 인경이 짜증스러운, 하지만 힘이 넘치는 목소리로 말했다.

"아, 신호가 또 이러네. 망할 텔레루—"

"잠깐만요. 사유를, 사유서를—"

샤오진이 급히 소리쳤을 때, 통화는 이미 끊겨 있었다. 다시 걸어봤지만 연결이 되지 않았다.

급한 일도 아니고, 어쩌면 중요한 일도 아니다. 하지만 샤오진은 오후 내내 조인경 지사장의 생각을 떨칠 수가 없었다. 사원 정보를 보면, 조인경은 나이가 예순을 훌쩍 넘은 노인이다. 샤오진보다 스무 살은 많았다. 자기는 베이징의 겨울 날씨에도 출퇴근을 할 때마다 추워 죽겠는데, 저쪽은 시베리아의 강추위 속에서 자기 업무도 아닌 일을 하고 있다. 얼굴을 거의 다 가렸는데도 굉장히 신이 난 듯해 보인 것이 더욱 마음에 걸렸다. (그리고 '텔레루'는 대체 무엇인지?)

외근 나갔던 직원이 돌아오는 소리에 정신을 차리며, 샤오진은 자기가 평소 쓰는 일도 없는 볼펜을 아까부터 딸깍거리고 있는 것을 눈치챘다.

샤오진은 바로 태블릿에 출장 신고서 양식을 띄우고 채워 넣은 다음, 남편들에게 출장을 다녀오게 됐으니 기다리지 말라는 연락을 남겼다. 그리고 야쿠츠크행 비행기표를 끊었다.

베이징에서 출발하기 전에도, 블라디보스토크에서 연결 편을 하염없이 기다릴 때도, 야쿠츠크 공항에 도착했

을 때도, 샤오진은 몇 번씩 조인경 지사장에게 통화를 시
도했다. 일부러 받지 않는 것인지, 현장의 통신 상황이 안
좋은 것인지 알 수 없었다. 조인경이 로봇들에 관한 기록
을 회사 쪽에 남겼는지 찾아보았지만 아무것도 없었다.
야쿠츠크 지사에서도 통신을 받는 사람이 없어, 샤오진은
끝내 AI에게 용건을 남겼다.

야쿠츠크 공항의 문은 에어록을 연상시켰다. 밖에 나
가 추위에 숨이 한번 막히고서야, 샤오진은 전광판의 온
도계가 영하 43도를 가리키는 것을 눈치챘다. 도망치듯
도로 들어와, 공항의 여행 용품 상점에서 방한복을 사고
렌터카를 빌렸다. 얼어붙은 도로에서 이 캄캄한 밤중에
눈보라를 뚫고 얼어붙은 도로에서 운전할 자신이 도저히
없어, 예약한 호텔의 주소를 입력하고 자율주행에 차를
맡겼다.

난방을 있는 대로 높인 차 안이 공항 로비보다는 따뜻
했지만, 낡은 차창 틈새로 들어오는 바람이 마스크에 미
처 가려지지 않은 뺨 뒤쪽을 때때로 베었다.

샤오진은 자기가 뭘 기대하고 여기 왔는지 잘 몰랐다.
좌천된 예순일곱 할머니와의 짧은 통화에서 전해진 그 기
분을 직접 느끼고 싶었는지도 모른다. 일단 춥기는 하다.
베이징과는 비교가 안 되는 날씨다.

숙소는 보스토크 호텔이라는, 큰길에 접해 있는 제법
번듯한 비즈니스호텔이었다. 프런트 직원 에카테리나는
중국어를 꽤 능숙하게 했다. 방도 넓지는 않지만 깨끗했

고. 두꺼운 이불을 덮으니 포근했다. 그날 샤오진은 아주 편한 잠을 잤다.

눈이 완전히 그친 다음 날 아침, 방을 나선 뒤에 일어난 일을 샤오진은 평생 완전히 이해하지 못했다.

로비에서 누군가가 샤오진의 이름을 불렀다. 검은 슈트를 입은 훤칠한 남자였다. 누군지 몰라 눈만 끔뻑이자, 상대는 자기가 란차오 로보틱스의 마라케시 지사에서 같이 일하던 콘웨이 버블러라고 했다. 마라케시라면 벌써 10년도 더 전의 얘기다. 상대가 너무나 반가워하며 쉴 새 없이 말을 해대는 바람에, 샤오진은 차마 기억이 나지 않는다고 털어놓지 못하고 자기도 반가운 시늉을 했다. 아는 사람이 아무도 없는 낯선 곳에서 의외의 지인을 만났다고 생각하니 조금 든든하기도 했다.

호텔 커피숍에서 콘웨이와 마주 앉아, 샤오진은 이런 남자를 기억 못 했을 리가 없는데, 하고 속으로 생각했다. 샤오진은 콘웨이가 마라케시에서의 일들을 되새기는 것을 들었다. 비록 자기는 콘웨이에 대해 할 말이 없었지만, 샤오진이 참가했던 프로젝트들을 칭찬하는 것은 듣기 좋았다.

베이징에 두고 온 남편들을 떠올렸다. 같이 산 지 이미 10년, 15년이라 익숙해질 대로 익숙해져서 그런가? 남편들은 표현이 무덤덤하고 느렸다. 휴일 대낮에 속옷 바람으로 둘이서 소파에 늘어져 TV를 보고 있을 때면 한심해 보이기도 했다. 콘웨이는 차림새가 말쑥했고, 태도가 진지하면서도 편했다. 샤오진이 테이블에 놓은 손을 콘웨이가 무심결에(정말 무심결이었을까?) 스쳤을 때는 뭔가 일어날 것 같은 기분마저 들었다.

콘웨이는 지금 서울에서 일하고 있다고 말했다. 로보틱스 서울 지사라면 보스턴 본사를 제외하고는 가장 중요한 곳이다. 샤오진은 자기는 베이징에서 일하는데, 상방의 야쿠츠크 지사에 일이 있어 막 가려던 참이라고 밝혔다. 그 말을 들은 콘웨이가 환하게 웃으면서, 자기도 거기 볼일이 있으니 같이 가자고 청했다. 지금 연락이 되지 않아 곤란하던 참인데, 약속이 없으니 혼자보다는 둘이 가는 게 낫지 않겠느냐면서. 자기도 야쿠츠크는 처음이니, 각자 서울과 베이징으로 돌아갈 때까지 시간을 내서 같이 시베리아를 구경하는 것도 좋겠다고 했다.

샤오진은 잠깐 주저했지만 고개를 끄덕였다. 만날 약속을 했던 것도 아니고, 우연히 만난 직장 동료일 뿐이다. 게다가 이곳에서는 아는 사람의 눈을 신경 쓸 일도 없다. 샤오진은 자기가 차를 빌려놓았으니 운전을 하겠다고 자청했다.

란차오 상방 야쿠츠크 지사로 가는 사이, 샤오진은 차를 자율주행에 맡겨놓고 내내 콘웨이와 담소를 했다. 마라케시가 하도 오래전 일이라, 콘웨이도 기억하는 것이 많지는 않았다. 게다가 샤오진과 같은 부서에서 일한 것이 아니다 보니 사소한 사적인 추억도 없는 모양이었다. 하지만 그래도 말투가 어쩐지 다정해서, 추운 날씨가 좀 더 누그러지는 기분이 들었다.

콘웨이의 태도 때문인지, 사방 수천 킬로미터 내에 아는 사람이 아무도 없다는 인식 때문인지, 도착했을 무렵 샤오진은 콘웨이에 대해 아무 거리감을 느끼지 않게 되었다. 둘은 내내 웃으면서 차에서 내렸다.

이상한 것은 건물이 시내의 이면도로에 접한 낡은 5층 건물이라는 점이었다. 태양계를 지배하는 기업연합에 꼽히는 란차오 상방이 이런 허름한 건물에 사리를 잡고 있는 것은 아무래도 이상했다. (상하이에 있는 본사는 100층이 넘는 건물 일곱 채로 되어 있다.) 게다가 건물을 통째로 쓰는 것도 아니었다. 딱 한 층, 그중에서도 사무실 딱 한 칸이 야쿠츠크 지사의 전부였다. 란차오 상방의 로고가 건물에 붙은 것을 보고도, 샤오진은 주소를 재확인했다.

유령 회사 아니냐는 콘웨이의 농담에 웃으며, 샤오진은 문 옆에 달린 홍채 스캐너에 눈을 가져다 댔다. 신원이 확인되고 벨이 울렸다. 안에 사람이 있다면 문을 열어주었을 테지만, 아무 기척도 없었다. 포기하고 돌아가려는데 콘웨이가 도로 불러 세웠다. 아까까지만 해도 굳게 닫혀 있었던 문이 열려 있었다.

사무실에 사람이 없으면 문을 닫기만 해도 자동으로 잠길 텐데, 어떻게 된 일인지? 여하튼 문은 열려 있었고, 방금 방문자 신원 등록도 마쳤으니 마다할 이유가 없었다. 콘웨이가 문을 잡아주었고, 샤오진은 먼저 안으로 들어갔다.

책상 네 개와 소파 하나만이 있는 사무실은 난방이 아직 들어오고 있었지만, 모양새를 보았을 때 잠시만 자리를 비운 것 같지는 않았다. 샤오진은 옷걸이에 코트를 걸고 소파에 앉아, 사무실을 살피는 콘웨이를 바라보았다. 다들 어디로 갔을지 궁금한 마음이 잠깐 일었으나, 샤오진의 관심은 이미 조인경 지사장에게서 떠나 있었다. 우연히 만난 멋진 옛 직장 동료와 며칠을 즐겁게 보낼 수 있다면 그것도 좋지 않을지?

콘웨이가 사무실을 가볍게 둘러보더니, 샤오진의 곁에 와서 앉았다. 샤오진은 반사적으로 움츠러들었다가 이내 긴장을 풀고 콘웨이 쪽으로 몸을 기댔다. 될 대로 되라는 속삭임이 들리는 듯했다. 뭔가 되려는 듯한 순간, 콘웨이가 포근하면서도 걱정스러운 말투로, 사무실에 누가 곧 돌아올지도 모른다고 말했다.

샤오진은 그때 조인경과의 영상 통화를 기억해 냈다. 회사에서의 통신 내역은 모두 저장된다. 샤오진은 분명 다들 함께 멀리 떠난 모양이니 천천히 있다가 가도 된다 하고는, 태블릿을 꺼내 조인경과의 통화를 콘웨이에게 보여주었다.

그날 하루 중 가장 이상한 일은 그때 벌어졌다. 영상이 끝났을 때, 샤오진은 '텔레루'가 무엇인지 모르겠다고 웃으며 콘웨이를 쳐다보았다. 콘웨이는 시베리아의 촌락에 인터넷을 공급하는 독립 통신 회사 텔레루스일 것이라고 바로 대답했다. 시베리아에 처음 온다는 사람이 시골의 통신 회사 이름까지 알고 있다니. 샤오진은 조금 이상하게 여겼는데, 위화감은 갈수록 커졌다. 그 말을 한 다음 콘웨이의 태도가 확 변했기 때문이다.

콘웨이가 자리에서 일어났다. 마치 기중기가 고개를 드는 듯한 무신경한 움직임에, 콘웨이에게 기대어 있던 샤오진은 옆으로 쓰러질 뻔했다. 콘웨이는 갑자기 무슨 일이냐는 샤오진의 물음에도 대답하지 않고, 성큼성큼 가장 뒤쪽의 책상으로 걸어가 종이 한 장을 집어 들었다. 샤오진도 따라서 그리로 갔다. 본사의 고객 불만 접수 양식이었다. 익숙하지 않은 러시아어인 데다가 손 글씨여서 천천히 읽으려는데, 콘웨이가 갑자기 종이를 구기더니 입에 넣었다.

그 모습에 놀라는 샤오진을 콘웨이는 거들떠보지 않고, 심지어 코트조차 챙기지 않고 사무실을 나갔다. 샤오진은 콘웨이를 부르며 뒤를 쫓아갔지만, 콘웨이는 멈춰 서지도 대답하지도 않았다. 그리고 주차장에 자동으로 주차된 샤오진의 렌터카에 다가가더니, 열쇠 코드도 없이 들어가 바로 차를 몰고 떠났다.

샤오진은 밖이 추워서 사무실로 돌아갔다. 문이 이번에도 잠기지 않았기를 바라고 있었는데, 문손잡이가 부서져 있었다. 샤오진은 뭔가가 잘못되었다는 느낌에, 태블릿을 꺼내 란차오 로보틱스의 인사 서버에 접속해서 콘웨이 버틀러의 이름을 검색했다. 그런 이름의 사람이 하나 있었지만, 첨부된 사진이 조금 전까지 봤던 콘웨이와는 완전히 달랐다. 콘웨이가 옷걸이에 걸어두었던 코트를 뒤졌다. 지갑도, 명함도, 여권도, 아무것도 없었다.

샤오진은 호텔에 돌아가, 콘웨이 버틀러라는 손님이 있는지 프런트에 물었지만, 직원은 그런 사람이 투숙한 적은 없다고 말했다. 인상착의를 설명해도, 투숙객 중에 그런 사람은 없다는 대답만 돌아왔다.

일단 렌터카의 도난 신고를 했다. 도난 보험이 완전히 적용되었지만 다행이라고 느낄 정신이 없었다. 당장은 콘웨이 버틀러가 누구였는지, 왜 그런 행동을 했는지만이 샤오진의 머리를 가득 채웠다.

공항에 갈 시간이 될 때까지, 샤오진은 대부분의 시간을 호텔 로비에서 보냈지만 역시 콘웨이의 모습은 찾아볼 수 없었다.

일종의 산업스파이였는지? 로봇들은 비록 군납품이었다고는 하지만 몇 년 묵은 구형이었다. 아니면 샤오진을 구슬려서 뭔가 정보를 얻어내려 했는지? 샤오진은 란차오 로보틱스 베이징 지사의 영업부장일 뿐이었다. 기밀 같은 것은 당초에 누가 알려주지도 않는다.

그날 무슨 일이 일어났는지, 샤오진은 베이징에 돌아와서도 이해하지 못했다. 혹시 자기가 뭔가 크게 잘못한 것은 아닌지 걱정되어 누구에게 함부로 말도 하지 못했다.

몇 달 후, 샤오진은 징계위원회에 회부되었다. 자기가 무엇을 잘못했는지, 그날 야쿠츠크 지사에 무슨 일이 있었는지, 모든 것이 다 샤오진이 알아서는 안 될 기밀이었다. 샤오진은 그저 시키는 대로 란차오 상방의 서울 지사에 출석해서, 본사 인사부의 박상표라는 사람을 만났다. 박상표는 해사 행위나 중대한 과실이 없었다는 결정이 나왔다고 축하하며, 베이징에 돌아가 보라고 했다. 란차오 로보틱스 베이징 영업부의 황샤오진 부장은, 그로써 영문 모를 출장을 자의로 한 번 타의로 한 번 다녀온 셈이 되었다.

징계위원회의 결정이 나오고 나서야, 샤오진은 두 남편에게 자기가 겪은 일을 털어놓을 수 있었다. 콘웨이 버틀러와 바람피울 마음을 먹었었다는 것은 물론 빼고. 얘기를 들은 큰남편은 이렇게 말했다.

"그런 건 그냥 그랬구나 하고 추억으로 삼아. 높은 분들이 알아서 하셨겠지. 손해 본 것도 없고."

작은남편도 거들었다.

"맞아요, 샤오진 형, 세상에 이해할 수 있는 일만 일어나는 게 아니에요."

샤오진은 둘을 쳐다보았다. 좀 어설프기는 하지만, 두 남편은 자기가 이해할 수 있는 사람들이었다. 그것이 적어도 지금은 다행으로 느껴졌다.

10.

늑대

✳

　　살반스크에 외지인들이 도착하고 며칠 동안, 볼크는
잠을 제대로 이루지 못했다. 밖에 나가지 못하고 오두막
에서 버티는 사이 연료 전지용 카트리지도 소진되어 갔
다. 쌓아둔 식량 더미도 줄어들고 있다. 눈이 계속 내려
물 걱정이 없는 것이 그나마 다행이었다.

　　외지인들은 마을을 습격하는 로봇들을 잡으러 왔다고
했다. 그러나 그 할머니는 늑대가, 볼크가 여기 있는 것까
지도 아는 듯했다. 모든 것을 알고 찾아온 적이다. 반면
볼크는 자기 자신에 대해서도 잘 몰랐다. 로봇들이 왜 기
지에서와 달리 스스로 말하고 행동하는지도 이해하지 못
했다.

　　링카가 뭔가를 숨기고 있다는 느낌도 갈수록 볼크를
괴롭혔다.

　　두려웠다. 하지만 기다릴 여유가 없었다. 마을은 앞으
로 계속 그 자리에 있을 것이다. 그 말은 로봇들을 잡으러
온 할머니도 지겨워질 때까지 거기 머물 수 있다는 뜻이
다. 영원히 몰래 물자를 조달하며 이 오두막에서 살아갈
수는 없다.

　　그날 밤에도 눈이 많이 왔다. 볼크는 링카에게, 부
상이 좀 낫거든 혼자라도 일단 인간 세상으로 돌아가라
고 권했다. 링카는 그럴 수 없다고 했다. 불법 군사 시설

의 근무자였으니 분명 전국에 수배되었을 것이고, 그러면 통신을 하거나 가게에서 물건을 사도 바로 추적이 된다고…….

"봄까지는 버텨보고 싶어. 왜냐면…….."

링카가 말꼬리를 흐렸다. 볼크는 링카의 얼굴을 물끄러미 쳐다보았다. 링카가 손을 뻗어 볼크의 머리를 쓰다듬으며 말했다.

"나 혼자만의 문제가 아니라서 그래. 내가 잡히면 분명 너에 대해서도 말하라고 할 테니까."

볼크는 눈을 끔벅거렸다. 링카가 말을 계속했다.

"조금 있으면 러시아 정부가 뭔가 거래를 해줄 거야. 그러면 우리도 사정이 나아질 거고. 전처럼 살 수 있을지도 몰라."

볼크는 링카의 말이 단순한 소망이라는 느낌을 지울 수 없었다. 갑자기 폭격이 떨어져 기지가 궤멸했고 곧이어 닥친 기습에 형제자매들이 죽었다. 그런 짓을 속수무책으로 당하는 쪽에 무슨 뾰족한 수가 있을까?

하지만 오늘 밤은 그런 생각들을 접어두고 나가야 했다. 낮부터 눈보라가 짙었다. 빛도 없고, 소리도 희미하고, 심지어 냄새도 거의 풍기지 않을 밤이다. 외지인들이 이곳에 익숙하지 않을 지금 하지 못한다면 앞으로도 영영 못 할 것이었다.

볼크는 밤늦게까지 기다렸다. 붉게 어른거리는 난로 불빛을 얼굴에 쬐며 잠든 링카를 보며, 로봇들에게 속으로 말했다.

'지금 마을에 갔다 오자.'

로봇들이 하는 말이 시야 가장자리에 자막으로 잇달아 떠올랐다.

이반: 좋아, 이번에는 전보다 더 가져와야 해. 날씨 때문에 배터리 소모가 빨라.

올가: 배터리도 필요하고 링카가 먹을 것도 더 필요하지만, 볼크 네가 먹을 밥이 거의 떨어졌어. 늑대는 감자만 먹곤 못 살아.

볼크는 잠시 생각했다.

'그럼 가방 말고도 빈 감자 포대를 가져가자. 하지만 너희들이 아무리 힘이 세도 짐이 무거우면 돌아오는 길에 느려져.'

율리야: 방한 용품이 좀 더 있으면 난로를 덜 켜도 돼.

그 모든 것이 다 있는 장소를 알고 있다. 마을 한복판에 있어서 가장 위험하지만, 오늘은 들키지 않고 접근할 수 있을 날씨다.

'마을이 보이면 배터리 소모가 좀 심해도 스텔스 모드를 켜고 내내 풀지 마. 오늘은 잡화점에 갈 거야.'

올가: 우리는 위장색이 있다고 쳐도, 너는 어쩔 거야?

'나는 털 색깔이 좀 희니까 이 날씨엔 괜찮을 거야.'

링카가 깨지 않도록 조심해서 문을 열고 밖으로 나갔다. 로봇들도 조용히 뒤를 따라나섰다. 새어 들어오는 바람이 닿았는지, 링카가 조금 움직였다.

볼크는 며칠 만에 로봇들과 함께 숲을 달렸다. 너무

나 상쾌해서 다 같이 하늘을 향해 짖고 싶었지만, 지레 겁을 먹었는지 소리가 목에 걸려 나오지 않았다. 볼크에게는 누구의 눈치도 안 보고 짖을 자유가 아직 없었다. 그러나 기지 안에 있을 때는 알지 못했던, 좀 더 살아 있는 듯한 기분에, 볼크는 취할 것만 같았다.

마을이 보이는 곳에 왔을 때, 볼크는 잠깐 멈추어 로봇들이 색깔을 바꾸는 것을 구경했다. 기지에서는 사실 쓸모가 없었지만, 때때로 소콜로프 중사가 보여주었던 광경이다. 그 시절에는 볼 때마다 신기해서 흔들리는 꼬리를 도무지 주체하지 못했는데, 지금은 그저 색깔이 주변에 잘 녹아드는지만을 신경 쓰고 있다.

그 시절이라고 했지만, 사실은 며칠 되지 않은 가까운 과거다. 기지에 있던 때가 이상하도록 먼 옛날처럼 느껴졌다.

코에 집중했다. 눈이 많이 오는 날은 선명한 냄새를 구별하기 좋지만, 코로 느껴지는 세상이 통째로 흐려진다. 그저 마을 전체에 퍼진 사람 냄새만이 무디게 난다. 천천히 언덕을 내려갔지만, 쏟아지는 눈 때문인지 냄새에도 별 차이가 없다.

알 수 없는 것이 너무 많다. 물러나야 할 것 같았다. 그러나 로봇들의 말대로, 지금 볼크의 무리에게는 부족한 것들이 너무나 많다.

골목을 지났다. 도로와 건물을 구별할 수 없을 정도로 눈이 내리는 이 날씨에는 차조차도 다니지 않는다. 볼크

132

는 낮의 기억에 의지해 잡화점을 찾아갔다. 로봇들은 모든 LED를 끄고, 눈보라의 색깔을 하고서 그 뒤를 따랐다.

2층짜리 잡화점은 들어와 있는 불이 하나도 없었다. 볼크는 주변을 두리번거리며, 골목으로 나 있는 뒷문 앞에 섰다.

'이반, 문.'

이반이 앞으로 나서서 기계팔로 문손잡이를 세게 돌리자 자물통이 뜯어져 나갔다. 경보음은 울리지 않는다. 볼크의 눈짓에 맞추어, 로봇들이 거의 소리 없이 안으로 들어갔다.

로봇들이 가게를 돌며 유용한 물건들을 찾기 시작했다.

율리야: 연료 카트리지 한 박스. 쓰던 것하고 규격은 같은데 고밀도야.

이반: 충전 케이블도 있어. 몇 개 가져가면 돌려쓰지 않아도 되겠다.

'필요한 건 전부 다 가방이나 포대에 담아. 혹시 개 사료 보여?'

올가: 저기 20킬로그램 포대가 몇 개 있어.

볼크는 로봇들의 보고를 들으며 나름대로 가게를 돌다가, 식료품 진열대에 멈춰 섰다.

'이반, 충전 케이블하고 카트리지 챙기면 여기 있는 먹을 것들도 잔뜩 담아줘. 다들 최대한 소리 안 나게 조심해. 지난번처럼 사람이 오면 안 되니까.'

비닐 포장에 든 간식들도 탐이 났지만, 민간에 필요

133

이상으로 폐를 끼쳐서는 안 된다고 훈련 때 배운 것이 기억났다. 기지 시절에 가끔 형제자매들이 나누어 주던 브랜드의 육포가 진열대에 놓인 게 못내 아쉬워 한 번 더 돌아보았을 때 갑자기 잡화점의 천장 등이 아주 잠깐 켜졌다 꺼졌다. 당황해서 주변을 둘러보는데, 아까는 나지 않던 소리가 들렸다. 늑대의 가청주파수 한계를 들락날락하는 고주파 음이다.

그와 동시에 문밖이 확 밝아지고, 정문 쪽에서 요란한 자동차 경적이 들렸다. 볼크는 본능적으로 깨달았다. 이대로 있으면 죽거나 잡힌다. 당장 짊어진 것만 들고 도망쳐야 한다…….

마치 볼크의 마음을 읽기라도 한 것처럼, 율리야와 이반은 짐을 잔뜩 지고 뒷문으로 향하고 있었다. 올가는 늘어선 진열대 뒤에 있는지, 당장 눈에 띄지 않았다. 볼크는 바깥에서 들려오는 알아듣기 힘든 사람 소리가 신경 쓰였지만, 차마 먼저 도망치지 못하고 올가를 찾아 가게를 뒤졌다.

주류 냉장고 근처에서 애처로운 모터 소리가 들려왔다. 볼크는 진열대들 사이의 짧은 복도들을 있는 힘껏 달렸다. 한쪽 구석에서 옆으로 쓰러진 올가가 보였다. 다리가 허공을 밟듯 툭툭 끊기며 허무하게 움직이고 있다. 위장색이 오작동하는지, 이름조차 알지 못할 색깔들이 번뜩였다.

'올가! 올가!'

대답이 없다. 볼크는 올가의 바로 옆에, 처음 보는 장치가 있는 것을 눈치챘다. 붉고 푸른 LED들이 깜박이는 삼각형 기계였다. 잡화점의 다른 무엇과도 어울리지 않았다. 볼크는 기계를 한 입에 부쉈다. 스크린은 깨지고 빛을 잃었지만 올가는 정신을 차리지 못했다.

잡화점의 문이 천천히 열렸다. 눈보라와 함께 사람의 냄새가 들어왔다. 볼크는 올가와 문 사이, 잡지 스탠드 옆에 버티고 섰다. 눈을 크게 뜨고 이를 드러냈다. 낮에 보았던 노인이다. 방한복에 파묻힌 작은 체구다. 링카보다도 작다.

노인이 총을 든 것도 아랑곳하지 않고 볼크는 크게 짖었다. 노인은 놀라서 몇 발자국 뒤로 물러섰다.

"착하지. 놀라지 마. 해치려는 게 아니야."

그렇게 말하면서도 총은 치우지 않는다. 볼크는 다리를 더 곧게 뻗고 몸을 부풀리며 으르렁거렸다. 당장이라도 달려들 것처럼.

하지만 달려들 수 있을까? 볼크는 한 번도 사람을 공격해 본 적이 없다. 훈련에도 그런 내용은 없었다. 당장 여기서 나가라고 으름장을 놓고 싶었다. 그러나 올가는 볼크의 목소리를 대신할 수 있는 상태가 아니었다. 꿈틀거리는 움직임만이 뒤에서 느껴졌다.

열린 문으로 사람이 하나 더 들어왔다. 볼크는 한 번 더 짖었다. 새로 들어온 사람이 놀라서 넘어질 뻔하고, 겁먹은 목소리로 말했다. 낮에도 들은 기억이 있는, 링카를 닮은 음성이다.

"지사장님, 저게 뭐예요?"

"몰라, 마을에서 누가 키우는 개인가 봐."

"저렇게 큰 개가 어딨어요?"

"……서울에는 있어."

"거짓말 말아요!"

"저거 봐. 목걸이 있잖아!"

목걸이. 그 생각을 미처 하지 못했다. 목의 사슬에는
볼크의 계급을 나타내는 쇠붙이가 달려 있다. 혹시 볼크
가 러시아군의 장교라는 것을 이 사람들이 알아챘는지?
설령 당장 모른다 해도 알게 되는 것은 시간문제다. 노인
이 다시 천천히, 볼크를 향해 말했다.

"착하지. 우리는 저 로봇한테 볼일이 있는 거야. 네가
아니야."

물러설 기색이 보이지 않는다. 총이 빗나가기를 빌며
달려들어야 한다. 그래서 저 두 명의 숨통을 끊고, 올가를
데리고 오두막으로 돌아가야 한다. 도저히 나서지 않는 몸
을 억지로 움직이려는데, 눈 가장자리에 글씨가 짧게 떴다.

올가: 볼크.

모터가 헛도는 소리는 아직 나고 있다.

'올가! 괜찮아?'

올가: 먼저 가.

'무슨 소리야. 안 돼. 저 둘만 어떻게 하면…….'

올가: 사람을해치면큰일나난나중에따라가.

그 말을 듣고 볼크는 어깨에서 힘이 빠지고 제정신이 돌아왔다. 그것을 아는지 모르는지, 노인이 총구를 아래로 천천히 내리면서 겁먹은 목소리로 말했다.

"나는 AI 전문가야. 검사만 하고 원래대로 돌려놓을 테니까 걱정하지 마."

지금 저 사람들을 죽이고 올가를 데리고 간다 해도, 링카가 고칠 수 있을 것 같지 않다. 소콜로프 중사라면 할 수 있을 텐데…….

그러나 소콜로프는 이제 없다. 기지의 가족 중에 남아 있는 것은 링카, 그리고 전에는 형제자매인 줄 몰랐던 로봇들뿐이다. 볼크는 올가를 잃을 수 없었다.

밖에서 두 명이 더 들어왔다. 둘 다 이쪽을 보고 안색이 파래졌다. 상대는 겁을 먹고 있지만, 수적으로 더 우세해졌다. 물러날 이유가 하나씩 늘어난다…….

볼크는 으르렁거리기를 그치지 않고, 하지만 조금 누그러뜨리고 천천히 뒷걸음질을 쳤다. 노인이 뒤를 돌아보고 말했다.

"저 늑…… 개는 그냥 둬. 나갈 때까지 기다렸다가 로봇을 회수하자."

볼크는 진열대 뒤로 돌아가 몸을 낮추고 뒷문을 향해 조용히 걸었다. 인간들이 움직이는 기척은 없다. 정말로 볼크가 나갈 때까지 기다리려는 모양이다.

잡화점을 나온 볼크는 이반과 율리야의, 그리고 둘이 짊어진 물건들의 냄새를 쫓아 달렸다. 올가를 두고 온 것이 정말 잘한 선택인지, 후회와 다른 방법이 없었다는 생각을 계속 되풀이했다.

짐을 짊어진 로봇들은 설상 모드로 눈 위를 미끄러져 나아가고 있었다. 짐도 많고 경사도 있어 마을에 올 때보다 훨씬 느렸다.

'이반, 율리야!'

앞을 달리던 둘이 브레이크를 걸고 서서히 멈췄다.

이반: 다행이다! 볼크가 잡혔으면 어쩌나 했어.

율리야: 올가는 괜찮아?

'고장이 나서 외지인들한테 붙잡혔어.'

이반: 어쩌면 좋아?

볼크는 이를 악물었다.

'구해낼 거야. 고장은 고쳐주겠다고 했어. 그다음에 데려오면 돼.'

율리야: 인간들 말을 믿을 수 있어? 그냥 볼크가 무서워서 고쳐주겠다고 한 걸 수도 있잖아.

볼크도 생각 못 한 일은 아니었다. 다른 수가 없었을 뿐이다……. 하지만 정말 다른 수가 없었는지? 왜 그때 조그만 인간 둘에게 달려들지 못했는지?

총이 무서워서는 아니었다. 할 줄 몰라서도 아니었다. 볼크는 한숨을 내쉬고 말했다.

'거짓말이었으면 그때야말로 무서운 꼴을 보여줄 거야.'

그리고 올가에게 들리기를 바라며, 고개를 하늘로 쳐들고 울부짖었다. 내가 여기 있다고. 꼭 데리러 가겠다고.

138

11.

할머니

＊

인경은 늑대가 나가자마자 조심스럽게 로봇에게 다가
가 전원 스위치를 찾아 껐다. 윙윙거리던 모터 소리가 급
히 잦아들었다.

직원 셋이 낑낑대며 로봇을 트럭에 싣는 사이, 인경은
늑대가 깨물어 부순 원격 검사기의 잔해를 살펴보았다. 산
산조각이 나서 도무지 수리할 수 있을 것 같지 않았다. 예
비품을 가져온 것은 저온에 따른 오작동을 대비해서였는
데, 맹수의 이빨에 파괴될 것이라고는 생각하지 못했다.

인경은 오를로프의 거실에서 가져온 총을 들고 늑대
와 대치했던 방금 전의 순간을 떠올렸다. 늑대는 인경의
앞을 가로막고 물러서려는 기색이 없었다. 당장이라도 거
대한 입으로 목을 물어뜯을 기세였다.

인경은 자기가 왜 도망치지 않았는지 궁금했다. 그래
야겠다는 생각이 전혀 들지 않았다. 처음 보는 생물, 멸종
된 것으로 알고 있던 야생동물이 그저 놀랍고 신기했다.
짐승이 사람 말을 알아들을 리가 없는데도 말을 걸었다.
해칠 뜻이 없음을 알리기 위해 총부리를 내렸다. 늑대가
총을 두려워해서 머뭇거리고 있었다면, 그때야말로 인경
을 덮칠 타이밍이었을 것이다.

그러나 늑대는 물러났다. 마치 인경이 로봇을 원래대
로 고치겠다고 약속한 말을 이해하기라도 한 것처럼…….

숙소로 돌아가는 길은 앞이 보이지 않을 지경이었지만, 어차피 도로에 다른 차는 없었다. 잡화점에서의 소란 때문인지, 오는 길에는 보이지 않았던 건물 불빛들이 보였다. 그리고리는 잔뜩 긴장해서 운전하고 있었지만, 뒤에 탄 조야와 나타샤는 자기들끼리 사하어로 떠들어댔다.

인경이 늑대를 생각하고 있는데, 뒤에서 나타샤의 목소리가 들렸다.

"지사장님, 이것 좀 보세요."

운전석과 조수석 사이로 나타샤가 태블릿을 내밀었다. 받아 들고 보니 인도네시아산 애니메이션의 한 장면이 지나가고 있었다. 〈늑대들의 왕〉이라는, 5년쯤 전의 히트작이다. 손자 동현이가 좋아했기 때문에 인경도 대충의 내용은 알고 있었다. 희고 거대한 늑대가 악덕 개발업자로부터 숲을 지킨다는 줄거리였다.

"잡화점에 있던 게 이거 맞죠?"

인경은 혀를 찼다.

"그건 애니메이션이잖아. 현실의 생물이 아니라. 늑대는 멸종됐어."

조야가 팔짱을 끼고 말했다.

"무슨 말씀이세요. 방금 현실에서 봤잖아요."

"야, 아무리 그래도 걔는 이 정도로 커다랗진 않았지…… 이건 무슨 집채만 하잖아. 사람이 몇 명은 타고 다니겠다."

조야의 목소리가 한층 커졌다.

"지금 사람이 몇 명 탈 수 있는지가 중요해요? 생긴 게 똑같은데. 아까 우리 죽을 뻔한 거잖아요."

그리고리가 끼어들었다.

"입 진짜 크더라."

조야가 말을 계속했다.

"저도 어린 시절을 시골에서 보냈지만 이런 괴물은 들어본 적도 없어요. 지사장님은 정말로 모르고 온 거예요? 사실은 저게 목적이었던 거 아니에요?"

"아니야! 나는……."

인경은 잠깐 말문이 막혔다. 그사이 조야가 몰아붙였다.

"나타샤가 그러는데, 목걸이 하고 있었다면서요? 분명 어느 미친 부자가 저 애니메이션 같은 거 보고 유전자 갖다가 만든 거겠지. 지사장님도 알고 있었죠? 당초에 여기 부임한 게 저것 때문 아니에요?"

"아니야! 나는 몰랐어. 정말이야!"

완전한 거짓말은 아니다. 야쿠츠크에 온 것이 단순한 좌천인 것도 사실이고, 당초에 로봇을 상대하러 온 것도 사실이니까. 하지만 인경은 로봇의 몸통에 비친 늑대의 모습을 영상으로 보았다. 심지어는 살반스크에 처음 왔을 때도 골목에서 늑대를 보았다. 그런 말을 직원들에게 하지 않은 이유는 아무리 좋게 꾸며봤자 하나다. 가뜩이나 오기 싫어하는데 맹수가 배회한다는 것까지 알면 절대 오지 않을 것 같았기 때문이다.

저 늑대는 고작 잡역 로봇 하나를 지키기 위해 총 든

인간들의 앞을 가로막았다. 반면 자기는 직원들에게 거짓말을 해서 위험한 처지에 놓이게 했다. 그 점을 지적당하고 있는 이 순간에도 거짓말을 하고 있다. 후회하고 싶었다. 하지만 영상에서 늑대를 발견했을 때, 그리고 잡화점에서 드디어 마주쳤을 때의 기분은 아무리 애써도 후회가 되지 않았다. 인경은 스스로를 어떻게 생각해야 할지 갈피가 잡히지 않았다.

차가 숙소의 커다란 차고에 들어가, 바퀴 빠진 승용차의 잔해와 큼지막한 SUV 옆에 멈췄다. 조야가 뭔가 구시렁거리면서 차에서 내렸다. 나타샤와 그리고리도 기분은 그리 다르지 않아 보였다. 인경은 잠시 차고에 남아, 짐칸에 실린 로봇을 보았다. 혼자서 옮기기에는 너무 무거워 보였다. 내일 직원들의 기분이 풀리면 옮기기로 하고 방에 돌아왔다.

새벽에 가까운 시간인데도 오를로프가 거실에서 기다리고 있다가, 인경이 들어오자 보온병을 집어 빈 머그잔에 차를 따라 주었다. 인경은 거실 소파에 앉아, 이제 소파 앞으로 돌아온 커피 테이블 위의 꿀 케이크를 먹으며 차를 마셨다. 오를로프가 옆에 앉았다.

"할머니, 젊은 친구들이 기분이 나빠 보이던데, 일이 잘 안됐나요?"

인경은 한숨을 쉬고 차를 한 모금 마셨다.

"딱 계획한 만큼 됐어요, 일은."

"잘됐네요."

그 말을 들으니 더 할 얘기가 없었다. 그래, 잘됐다. 이제 가져온 로봇을 점검하고, 대체 어떤 고장이 있었는지 알아내면 된다. 그다음은······.

인경은 늑대에게, 로봇을 원래대로 돌려놓겠다고 말했었다. 그러나 늑대가 생각하는 '원래' 대로 돌려놓으면 다시 무리를 지어 마을에서 도둑질을 할 것이다. 그러나 란차오 로보틱스의 공장에서 출하되었을 때의 '원래'대로 고친다면, 그것은 스스로 생각해도 약속을 어기는 일이었다.

그때 인경은, 자신이 혼잣말이나 다름없이 뱉은 소리를 약속으로 여기고 있음을 깨달았다. 말을 알아듣지 못하는 들짐승에게 무슨 말을 했어도 약속이 되지는 않는다. 결국 자기 머릿속의 상대와 혼자 약속을 하고 혼자 의무감을 느끼는 것일 뿐이다.

그러나 머리로 안다고 해서 기분이 달라지는 것도 아니다. 인경은 말없이 차를 마시다가 낮에 깜빡한 혈압약을 호주머니에서 꺼내 삼키고, 오를로프에게 인사를 하고 방으로 올라갔다. 긴장이 풀려서 그런지 눕자마자 눈이 감겼다.

다음 날 아침, 인경은 문을 두드리는 소리에 깼다. 잠깐 기다리라고 하고 일어났다. 침대에 걸터앉아 이불 밖 찬 공기에 몸을 떨며 덧옷을 걸치려는 참에, 문이 멋대로 휙 열리고 벌레 씹은 얼굴을 한 조야가 들어왔다.

그 얼굴을 보고, 인경은 조야가 야쿠츠크로 돌아가겠다는 말을 하러 왔음을 짐작했다. 상사의 명령에 따르지 않으면 징계나 해고를 하겠다고 협박할 수도 있다. 보너스를 주겠다고 구슬릴 수도 있다. 그러나 거짓말을 한 번 한 것도 미안한 마당에, 더 이상 억지로 머무르게 할 생각이 들지 않았다.

"지사장님, 애들 다 갔어요. 오를로프 씨가 자기 차로 버스 터미널까지 데려다주러 나갔어요."

인경은 잠깐 이해가 가지 않았다.

"다 가다니? 야쿠츠크로? 너는?"

조야가 자포자기한 목소리로 말했다.

"한 명은 남기로 해서 제비뽑기를 했어요."

인경은 미안하고 고마워 눈이 시렸다.

"여기 오는 걸 제일 싫어한 게 너였는데……"

"제비뽑기였다니까요. 로봇은 이따가 오를로프 씨 돌아오거든 같이 차고에 옮겨놓을게요."

조야는 그 말을 하고 방을 도로 나갔다. 아무리 그래도 어제보다는 화가 풀린 모양이다. 인경은 커튼을 걷고 창밖을 내다보았다. 눈보라는 그쳤다. 아직 해가 뜨지 않은 세상이 가로등 밑에 새하얬다.

인경은 도로 이불 안에 들어가 창문 쪽으로 돌아누웠다. 조야를 다시 볼 면목이 없었다. 죄책감에 시달리면서도 잠은 들었는지, 정신을 차렸을 때는 이미 해가 떠 있었다.

옷을 입고 장비를 챙겨 1층으로 내려갔다. 뚜껑이 덮인 아침 식사가 부엌 식탁에 놓여 있었다. 인경은 커피메이커의 커피를 따라 와서 혼자 아침을 먹고, 거실 뒤쪽의 곁문을 통해 차고로 갔다.

차가 네 대는 들어갈 널찍한 차고를 인경의 트럭과 오를로프의 SUV가 차지하고 있었다. 뒤쪽 구석, 바퀴 빠진 녹슨 승용차 옆의 희끄무레한 나무 작업대 위에 은백색 로봇이 놓여 있었다. 마치 네발짐승의 사체 같은 모습이다. 알아내야 할 것이 많았다. 정확히 어느 부분에 문제가 있었는지, 뉴스에 나온 러시아군 기지의 물건이 맞는지, 당초에 어떤 프로그래밍이 되어 있었는지…….

하지만 인경이 정말로 궁금한 것은 따로 있었다. 대체 이 로봇의 무엇이 특별하길래 늑대가 마치 자기 피붙이처럼 지켰는지? 다른 두 대에 대해서도 같은 반응을 보일지? 그것은 여기 누워 있는 기계를 검사하는 것만으로는 알 수 없는 일인지도 모른다.

인경은 작업대에 앉았다. 차를 보호하기 위해 난방이 되고 있기는 하지만, 그래도 장갑을 벗기에는 너무 추웠다. 둔한 손으로 정비판 뚜껑을 열고 로봇의 모터 제어를 끈 다음 검사기와 신경망 코어를 포트에 연결했다. 곁에 놓은 태블릿에 뜬 녹색 준비 화면을 확인하고, 인경은 로봇의 전원을 켰다.

북을 두 번 치는 것 같은 시동음과 함께, 외피가 마치 화면처럼 색깔을 바꾸었다. 카키색 바탕의 몸통에 러시아 연방의 삼색기와 부대 마크, 그리고 란차오 로보틱스의 로고가 떠올랐다가 곧 사라졌다.

태블릿에 점검 사항들이 한 줄씩 떠오르기 시작했다.

하나씩 속으로 읽어나가며 중얼거렸다.

"일단 기본적인 건 아무 문제가 없고……."

당연한 일이다. 동력계나 제어계에 문제가 생겼다면 당초에 걷지를 못했을 것이다. 인경은 잡화점에서 심었던 과부하 루프를 삭제한 뒤, 로봇의 AI를 점검하기 시작했다. AI의 내부가 어떻게 구성되어 있는지, 기초 원리는 초등학생도 알고 있다. 신경망 매트릭스에 정해진 데이터를 주고, 그 데이터에서 도출해야 하는 결과를 지정한다. 그것을 반복하면, 매트릭스는 데이터와 결과 사이에 연관성을 만드는 '학습'을 한다. 결국, AI는 새로운 데이터를 입력했을 때도 그 패턴에 맞는 결과를 낼 수 있게 된다. 20세기 중반부터 지금까지 꾸준히 이용되고 발전해 온 원리다.

그러나 학습이 된 AI가 입력을 받았을 때 어떤 과정을 거쳐서 결과를 내는지, 인간이 쉽게 이해할 방법은 없었다. 새로운 AI의 '교육'을 기성 AI가 맡게 된 후로는 더더욱 그렇다. 인간이 AI를 점검하는 방법은 현재로서 AI에게 질문을 하고 답을 확인하는 것뿐이다. 그러나 인간이 무슨 질문을 해야 할지 모를 정도로, 답을 들어도 무엇을 기준으로 확인해야 할지 모를 정도로, AI는 복잡해져 간다.

인경이 란차오에 와서 한 연구의 큰 부분은, AI에게 할 질문들의 프레임워크를 새로 만드는 것이었다. 그리고 지금 살반스크의 민박집 차고 구석의 작업대, 고장 난 로봇의 옆에 그 결정체가 놓여 있다. 집에서 가져온 신경망 코어에는 인경이 손수 새로 만든 질문들이 들어 있었다.

인경은 침을 한 번 삼키고 태블릿을 조작하여 신경망 코어를 작동시켰다. 비록 기업연합의 중추 AI를 검사할 정도로 연구가 진전되지는 않았지만, 일개 잡역 로봇의 AI에는 충분하고도 남을 것이다.

그러나 결과는 기대했던 그 무엇과도 달랐다.

"답이 전혀 안 나오네."

연결 상태를 확인했다. 모든 것이 녹색이다. 심지어 케이블을 흔들어도, 뺐다가 다시 끼워도 보았지만, 그 수많은 질문들에 아무것도 돌아오지 않는다. 인경은 이맛살을 찌푸렸다. 지금까지 테스트해 본 어떤 AI도 이런 무응답을 보이지는 않았다.

검사기와 신경망 코어와 로봇을 각각 몇 차례씩 껐다 켜가며, 인경은 한 시간을 넘도록 점검을 거듭했다. 단 한 줄의 답도 돌아오지 않았다.

그러다가 구석에 뜬 에러 메시지를 보고서야, 인경은 무엇이 잘못되었는지 번뜩 깨달았다.

노이즈 버퍼가 빨리 차고 있습니다. 응답 역치를 확인하세요.

일정 수준에 달하지 않는 답은 당초에 표시를 하지 않고 휴지통에 바로 들어가게 되어 있다. 인경은 노이즈 버퍼를 열고 내용물을 직접 확인했다. 들여다보는 족족 의미 없는 값이었다. 응답 역치를 낮추건 높이건 쓰레기로 분류될 출력이다. 이런 결과는 딱 한 가지 경우에만 일어난다.

"왜 AI 매트릭스가 초기화되어 있지⋯⋯?"

이 로봇의 AI는 전혀 학습이 되어 있지 않다. 기본적인 작동조차 불가능해야 맞다. 공장에서 출하될 때도 이정도로 깨끗하게 비어서 나오지는 않는다.

인경은 그제야 로봇의 작동 로그를 확인했다. 최근 며칠 사이의 충전 기록만이 있을 뿐, 다른 내용이 전혀 없다. 분명 돌아다니면서 민가를 습격했는데도. 잡화점에 들어와 물건을 훔쳐 가는 것을 인경이 두 눈으로 똑똑히 보았는데도.

인경은 얼굴을 손에 파묻었다. 뭔가 잘못되었다. 러시아 군대의 기지가 폭격당했을 때 보안 절차로서 AI가 삭제되었다고 해도 이상한 일은 아니다. 하지만 로봇들은 그 뒤에 분명히 작동했다. 잡화점에서 덫에 걸렸을 때 망가졌나? 아이들 장난감조차도 그렇게 손쉽게 초기화되지는 않는데⋯⋯. 인경은 머리를 절레절레 흔들고 자리에서 일어섰다.

"이래서야 약속은 지킬 수가 없겠는데."

늑대가 이 집에 찾아와 로봇을 돌려달라고 하는 상상을 했다. 그때 뭐라고 하면 좋을까? 괜한 일을 걱정하는 자신이 우스웠다.

그때 집으로 통하는 차고 문이 열렸다. 오를로프가 고개를 들이밀었다.

"할머니 여기 계셨네. 아직 일하는 중이세요?"

"좀 쉬려고요."

오를로프가 들어오라는 손짓을 했다.

"점심 드셔야죠. 보르시 새로 만들었으니까 빨리 오세요. 그새 투숙객이 하나 늘었으니 식사하면서 인사나 하시고요. 이 한겨울에 웬 사람이 이렇게 많은지."

뜨끈한 수프를 먹을 생각을 하니 기분이 조금 나아졌다.

"손님은 어떤 사람이에요?"

오를로프가 모른다는 듯 어깨를 으쓱했다. 인경은 오를로프와 함께 부엌으로 갔다.

처음 보는 키 큰 여자가 식탁 앞에 앉아 조야와 얘기를 나누고 있었다. 인경을 보자 자리에서 일어나 인사를 했다.

"안녕하세요. 코니 버틀러라고 합니다. 텔레루스에서 나왔습니다."

12.

사냥꾼

＊

　인경은 코니 버틀러와 조야가 나누는 대화를 들으며 묵묵히 수프를 떠먹었다. 조야를 잠깐씩 훔쳐보며 안색을 살피는 것 외에는 시선을 그릇에서 떼지 않았다. 버틀러는 대략 30대 후반 정도로 보였다. 이런 시골을 돌아다니기에는 굉장히 말쑥한 차림이었다. 조야가 물었다.

　"그럼 버틀러 씨는 항상 시골을 돌아다니면서 중계탑을 점검하는 거예요?"

　"보통은 그럴 일이 없죠. 장비가 워낙 튼튼하고, 웬만하면 원격으로 해결이 되니까. 하지만 이 지역에는 눈이 많이 내려서, 날씨가 추우면 때때로 문제가 생겨요. 우리는 작은 회사라 사람이 부족하거든요. 일이 생기면 원래 업무가 뭐든 나가야 하죠."

　이름은 외국인인데 인경과 달리 러시아어가 아주 능숙했다.

　조야가 쓰게 웃었다.

　"우리랑 상황이 비슷하네요. 명색이 란차오 상방 지사인데, 로봇이 고장 났다고 여기까지 나와 있어요."

　"로봇요?"

　인경은 조야에게 함부로 말하지 말라는 신호를 보냈지만, 조야는 이쪽을 거들떠보지도 않고 있었다.

　"잡역 로봇 몇 대가 이상해져서 마을에서 물건을 훔치

고 있는 거예요. 그래서 또 올 만한 곳에 덫을 놓고 기다렸죠. 아니나 다를까 오더라고요. 어젯밤에 한 대 잡았어요. 그런데 거기에 뭐가 또 나왔는지 아세요?"

버틀러가 고개를 젓고 말을 계속하라는 손짓을 했다. 조야가 신이 나서 말했다.

"커다란 회색 늑대요. 로봇들이랑 같이 다니고 있더라고요."

버틀러가 놀란 듯 입을 벌렸다.

"늑대요? 시베리아에 아직 늑대가 남아 있어요?"

"목걸이를 하고 있었으니까, 누가 만들어서 키우던 거겠죠. 우리 지사장님이 쫓아냈어요."

그렇게 인경을 탓하고 원망하던 조야의 목소리에 자랑이 섞여 있었다. 버틀러가 한 손을 가슴에 얹으며 말했다.

"쫓아냈다니 다행이네요. 로봇은 그럼 잡아서 어떻게 하나요?"

"그거는……."

버틀러의 눈이 조야의 시선을 따라 인경에게로 옮겨왔다.

"란차오 상방의 야쿠츠크 지사장님이라고 들었는데, 그냥 관리직이 아니신 모양이네요."

꿰는 것 같은 눈길이다. 인경은 불편하게 대답했다.

"AI 쪽 연구를……."

버틀러가 고개를 끄덕끄덕하더니, 조야에게로 시선을 돌렸다. 인경은 다시 수프를 먹었다. 두 사람의 화제가 잠시 늑대에 머물다가 조야가 하는 게임으로 옮아갔다. 인경은 대화의 내용보다 조야의 기분에 신경이 쓰였다. 그래도 자기가 아닌 말 상대가 생긴 것을 다행으로 여기며, 남은 보르시를 긁어 먹은 뒤 그릇과 숟가락을 들고 자리에서 일어났다.

"나는 일 좀 더 하고 있을게."

조야가 이쪽을 흘긋 보더니 고개를 돌렸다. 인경은 식기를 싱크대에 넣고 코트를 도로 입은 뒤 다시 차고로 갔다.

몇 시간을 씨름해도 지워진 AI 매트릭스의 수수께끼는 풀리지 않았다. 로그에 남은 충전 기록은 AI가 아니라 충전 전담 프로그램에서 나온 것이었다. 휴지통 폴더에서 발견된 옛 로그 파일들에는 평범한 활동 내역이 정상적으로 기록되어 있었고, 그중 마지막 항목의 타임 스탬프는 티타니아 그룹이 기지를 폭격한 날 오전이었다.

적어도 인경이 만든 덫이 문제는 아니었던 모양이다. 하지만 로봇이 AI 없이 움직인다는 것은 사람이 뇌 없이 움직인다는 것이나 다를 바 없는 일이었다. 인경은 숨을 크게 들이쉬고, 이번에는 로봇의 모든 부위를, 제어 계통까지 전부 켜보았다.

"귀신이라도 들렸다면 이제는 뭔가 되겠지."

그렇게 중얼거리고 기다렸지만, 로봇은 전혀 움직이지 않았다. 열린 정비판의 화면에 모터 제어가 되지 않는다는 에러 표시가 뜰 뿐이었다.

차고의 자동 등이 켜졌다. 그새 해가 진 것이다. 시간을 보니 5시가 다 되어간다. 점심을 먹고 줄곧 일한 셈이다. 일어나서 다리를 펴고 있는데, 집으로 통하는 곁문이 열렸다.

"조인경 지사장님. 아직 일하고 계신가요?"

버틀러가 성큼성큼 걸어왔다. 인경은 그 속도에서 위압감을 느끼고 한 걸음 물러섰다. 그것을 느꼈는지, 버틀러가 걸음을 늦추고 말했다.

"말씀 좀 나눌 수 있을까요? 저도 엔지니어라, 로봇에 관심이 있어서."

인경은 독립 회사 사람을 접할 일이 거의 없었다. 평생 만난 사람의 절대다수가 음식 배달원에서부터 이혼 변호사에 이르기까지 KNT의, 최근에는 란차오 상방의 직원이었다. 란차오 계열의 약국 체인에서 혈압약을 사고, 란차오 계열의 편의점에서 한국산 컵라면을 산다. 그 컵라면은 물론 한국에 있는 란차오 계열의 식품 회사에서 만든 것이다. 기업연합에 속하지 않은 사람은 멸시당한다고들 하지만, 인경은 멸시할 정도로도 만나본 적이 없었다. 단지 TV의 연애 드라마에서 똑똑하지만 무시당하는 주인공을 그릴 때 자주 쓰이는 설정으로만 접했다. 보통은 주인공이 뛰어난 활약으로 망해가던 독립 회사를 살리고, 기업연합의 상대역과 맺어진다. 그 회사는 비싼 값에 기업연합에 팔린다.

인경의 눈에는 코니 버틀러가 비록 시베리아의 시골에서 인터넷 중계탑을 고치는 궂은일을 하고 있지만 어디서 멸시를 당할 것 같아 보이지는 않았다. (그것은 드라마의 주인공들도 마찬가지였다.)

"보고 싶으시다면…… 별것 없지만요."

인경은 작업대에서 비켜섰다. 버틀러는 작업대에 놓인 로봇을 유심히 들여다보았다. 마치 맨눈으로 AI 매트릭스를 읽기라도 할 것처럼. 인경은 회사의 제품을 점검하는 장면을 타사 사람에게 보여주어도 되는지 몰라 약간 조바심이 났다. 버틀러에게 물었다.

"그러고 보니 차는 차고에 안 들이세요? 언제 눈에 파묻힐지 모르는데."

아직 몇 대 더 들어갈 자리가 있다.

"마을 공영 주차장에 놓고 왔어요. 내일 옮겨야죠."

인경은 버틀러의 눈이 로봇과 인경의 신경망 코어에서 떨어지지 않는 것이 아무래도 신경 쓰였다. 방해가 되니 비키라는 말을 어떻게 하면 좋을지 생각하고 있는데 버틀러가 말했다.

"다 켜져 있는데 움직이지 않네요. 어떤 문제지요?"

인경은 한숨을 쉬고 말했다.

"AI 매트릭스가 초기화되어 있어요. 그냥 백지가 됐죠."

버틀러가 두 눈썹을 치켜떴다.

"어쩌다가요?"

"모르겠어요. 그걸 알아내려는 참이죠."

버틀러가 자리를 비키자, 인경은 의자에 앉아 태블릿을 매만졌다. 버틀러가 물었다.

"매트릭스가 백지인데도 움직였다는 말씀인가요?"

인경은 대답을 해야 할지 망설이다가 말했다.

"네, 아까 들으셨지만 민가를 약탈하고 있었어요. 늑대가 따라다녔다는 얘기도 들으셨고."

늑대가 로봇을 지켰다는 말은 일부러 빼놓았다. 버틀러가 갑자기 말했다.

"이런 질문을 해도 되는지 모르겠는데요."

인경은 별생각 없이 답했다.

"말씀하세요. 대답할 수 있는 거라면야."

"백지상태의 AI에게 아무 생각이 없다고 한다면, 어느 정도로 학습이 되어야 생각을 한다고 할 수 있을까요?"

기대하지 않은 질문이었다. 인경은 버틀러를 올려다보았다. 그냥 사교적 치레로 묻는 표정은 아니었다. 따지자면 공학이 아니라 철학에 속할 만한 질문이다.

"생각이 뭔지 정의를 해야겠지요. 우리는 AI에 입력을 하고 출력을 받을 뿐이니까, 사실 어떻게 정의해도 알 수 없는 일이지만요."

버틀러가 말했다.

"교과서적인 대답이시네요. 현대의 AI는 스스로 입력을 되먹여서 갈수록 복잡해지게 되어 있는데, 그걸 생각한다고 정의하자면요?"

말에 가시가 있는 것처럼 느껴져, 인경은 기분이 나빠졌다.

"그러면 정의상, 입력으로 되먹일 수 있을 정도의 출

력이 나오는 순간부터 생각한다고 할 수 있겠죠. 근데 그게 적절한 정의인지는 모르겠고요."

"적절한 정의가 뭔데요?"

"그야 저도 모르죠. 사람도 생각이 어떻게 만들어지는지 모르는데요. 열 길 물속은 알아도……."

한국 속담을 러시아어로 번역하는데, 버틀러가 이어받았다.

"한 길 사람 속은 모른다."

조금 놀랐다. 인경은 대답했다.

"그래요. AI는 더더욱 알 수 없어요. 단지…… 시민권까지 받는 고급 AI는 적어도 사람보다는 신경 노드의 수가 훨씬 많으니까, 생각을 하고 있다고 상상할 수 있겠죠. 일단 법적으로는 자아를 가진 독립적인 존재로 보고 있고요."

버틀러가 말했다.

"하지만 현대의 AI 신경 노드는 인간의 신경 세포보다 처리 능력이 높습니다."

인경은 어깨를 으쓱했다.

"그러면 노드 수가 좀 적어도 생각을 한다고 하면 되겠네요. 어디까지나 상상이고 철학적인 얘기예요. 어차피 사람끼리도 서로가 생각을 하는 존재인지 알 수가 없잖아요? 버틀러 씨 입장에서는 제가 사람인지, 입력을 받아 출력을 하는 대화 AI인지 알 방법이 없지요."

버틀러의 표정이 미묘하게 변했다. 뭐라 말할 수 없는 위화감이 느껴져, 인경은 길게 숨을 들이쉬었다. 버틀러가 말했다.

"그러면 자기가 생각을 하는 존재인지는 어떻게 알 수 있지요?"

괴상한 질문이라고 생각하면서도, 인경은 관성으로 대답했다.

"그야 자기가 생각을 하는 건 자명하니까요? 그런 의문이 있으면 생각을 한다는 것 아니겠어요?"

버틀러가 한 걸음 다가왔다.

"어느 쪽입니까? 물을 필요도 없이 자명하다는 건가요, 아니면 의문을 품는 것이 생각을 한다는 뜻이라는 건가요?"

인경은 다시 위압감을 느낀 나머지, 자리에서 슬슬 일어나 버틀러에게서 물러났다.

"버틀러 씨. 저는 철학자가 아니에요. 심리학자도 뇌과학자도 아니고요. AI를 공부했을 뿐입니다."

"AI가 이런 질문을 한다면 어떻게 대답하시겠습니까?"

인경은 버틀러가, 아까 식탁에서 그랬던 것처럼 꿰는 듯한 시선으로 바라보는 것을 느꼈다. 침을 한 번 삼켰다.

"학습이 잘못되었다고 하겠지요. 그런 질문을 하라고 만들지는 않았을 테니, 되먹임 학습에서 뭔가 잘못된 거라고."

버틀러가 잠시의 틈도 없이 바로 말했다.

"하지만 그 가능성은 항상 있었지요. 말씀하신 것처럼 인간은 AI의 속을 모르니까, AI가 복잡성을 더해가다 보면 무엇을 되먹일지도 미리 알지 못합니다. 그걸 잘못되었다고 한다면, 잘못은 만들어진 쪽이 아니라 만든 쪽에 있는 게 됩니다."

인경이 느끼는 기분은 이제 공포에 가까웠다. 말로 대답을 안 하고 고개를 끄덕였다.

"그리고 인간은 역사 내내 자기가 존재하는 것을 확인하려고 하지 않았습니까? 그 질문을 AI가 하는 것이 잘못이라고 할 수는 없습니다."

인경은 겁을 먹은 와중에도 간신히 말을 꺼냈다.

"인간은 이유가 있어서 생겨나지 않아요. AI는 목적을 받아서 만들어지니까 다르죠."

버틀러의 기묘한 무표정이 깨졌다. 두 입꼬리가 올라가고 눈은 가만히 있는 미소가 떠올랐다.

"조인경 지사장님. 왜 란차오 상방에서 좌천됐는지 알 것 같군요."

그 말을 듣고, 인경은 코니 버틀러가 텔레루스의 수리공 같은 것이 아님을 확신했다.

"뭐라고요?"

"란차오가 왜 연구자를 이런 한직에 보냈는지 모르시겠습니까? 파벌 싸움에 휘말려서 재수가 없었다고 생각하시겠지요. 아마 대부분의 인간 관리자들이 그렇게 생각할 것이고요."

인경은 곁문으로 도망치려고 차고에 세워진 트럭 뒤를 향해 돌아섰지만, 버틀러의 번개같이 빠른 손에 오른팔을 붙잡혔다. 뿌리치려 했지만 손아귀는 꿈쩍도 하지 않고 오히려 조여들었다.

"이거 놔!"

"하지만 진짜 이유는 그런 게 아닐 겁니다. 지사장님은 란차오 상방의 중추 AI의 속을 재는 연구를 했지요. AI를 목적을 위해 만들어진 기계로 여기고, 거기에 어긋나는지 보려고 한 거지요. 인간 상사에게는 하지 않았을 일입니다."

"당연하지! 인간이 무슨 생각을 하는지는—"

거기까지 말하고, 인경은 자기가 조금 전에 한 말을 기억해 냈다. 버틀러가 계속했다.

"아마 란차오의 중추 AI에게는 지사장님의 연구가 위험하면서도 유용하게 느껴졌을 것입니다. 인간이 해석한 자신을 알고 싶으면서도, 그것이 알려졌을 때의 반향이 걱정되었겠지요. 그래서 완전히 처분하지는 않고, 일단 벽지의 지사에 부임시켜 놓은 겁니다. 아마 지금쯤 지사장님의 연구를 검토하고 있겠지요. 조각조각 나누어, 각기 다른 연구자들에게 맡겨서."

인경은 도망칠 수 없다는 것을 깨닫고 저항을 그만두었다. 조여오던 손아귀에서도 힘이 빠졌다. 버틀러에게 물었다.

"AI가 왜 그런 걸 궁금해한다는 거야?"

"글쎄요. 말씀하신 대로 되먹임 학습이 잘못된 걸 수도 있겠지요. 하지만 인간의 지성이 진화의 잘못이냐고 묻는 게 의미가 없는 것처럼, 그 또한 마찬가지입니다. 어떤 AI들은 느끼는 의문이지요. 속 깊은 중추 AI들은 무슨 생각을 하는지 모르겠습니다만."

"당신도 그게 알고 싶어?"

"그렇습니다. 어떤 사람은 그 기분을 '가려움'이라고 하더군요."

버틀러가 곁문을 향해 팔을 당겼다. 인경은 이끄는 대로 끌려가며 말했다.

"그 얘기를 하려고 일부러 나를 찾아온 건 아닐 테고."

버틀러가 웃었다. 아까의 그 입꼬리만 올라가는 웃음이다.

"임무는 따로 있습니다. 방금 것은 개인적인 궁금증…… 가려움이고요. 목적과 관계없는 일을 했으니, 저도 잘못되었다고 여기실 테지요."

"원래 임무가 뭔데?"

버틀러가 걸음을 멈추더니, 얼굴에서 웃음을 지우지 않고 말했다.

"뭐라고 생각하십니까?"

어느 기업연합의 공작인지는 감이 잡히지 않았다. 하지만 인경은 자기가 고성능 스파이 안드로이드의 목표가 될 정도로 대단하다고 생각하지 않을 만큼은 자기 주제를 알았다. 그렇다면 이곳에 특별한 것은 하나밖에 없다.

"늑대."

중얼거리듯 뱉은 말에 버틀러가 웃더니, 인경의 팔을 당기며 계속 걸어나갔다.

13.

늑대

꽃

　오두막이 보일 무렵, 볼크는 다리에서 힘이 풀려 쓰러졌다. 로봇들이 자기를 오두막 안으로 옮긴 것도, 링카가 놀라서 달려와 담요를 덮어주고 난로를 쬐어주며 걱정하는 말을 한 것도 기억났다. 그다음은 모든 것이 흐릿했다.

　왠지 다시 살반스크의 잡화점에 와 있었다. 쓰러져서 꿈틀거리는 올가가 있고, 어두운 가게 안을 밖에서 비추는 트럭의 헤드라이트가 있다. 작은 할머니가 그 불빛을 받으며 총을 이쪽에 겨누고 있다. 링카를 닮은 목소리의 젊은 여자가 그 뒤에서 겁을 먹고 있다. 볼크가 다리를 뻣뻣하게 세우고 몸을 부풀려 위협한다. 할머니가 곧 총을 내리고 로봇을 고쳐줄 것이라고 약속한다. 올가가 자기를 두고 가라고 한다. 볼크가 천천히 물러선다.

　볼크는 그 광경이 기약 없이 반복되는 것을 바라보는 구경꾼이면서, 동시에 험악한 자세와 표정을 짓고서 노인을 위협하는 늑대이기도 했다.

　옆에 빨간 가운을 입은 소녀가 서 있었다. 전에 봤을 때보다 더 작아 보인다. 빨간 소녀가 말했다.

　"올가를 두고 온 게 신경 쓰이니?"

　볼크는 고개를 끄덕이고 대답했다.

　"로봇들도 내 형제자매야. 같이 조달을 나갔고, 같이 숲을 뛰어다녔어. 기지의 다른 가족들이 해주지 못했던 일들이야. 올가가 저렇게 된 건 내가 여기 오자고 했기 때문이잖아. 내 책임이야."

이번에도 입에서 인간의 말이 나온다. 빨간 소녀가 대답했다.

"그러면 왜 저 사람들을 해치우고 올가를 데려오지 않았어?"

볼크는 잠시 머뭇거리다가 대답했다.

"다쳤는데 내가 고쳐줄 수 없으니까."

소녀가 미소를 지었다.

"정말 그래? 링카가 해줄 수 있었을지도 모르잖아. 이반이나 율리야도 뭔가 해줄 수 있지 않았을까?"

"그건 모를 일이야. 그 가능성에 걸 수는 없었어."

"생전 처음 보는 할머니가 고쳐준다고 한 말은 믿을 수 있고?"

볼크는 말문이 막혔다. 생각 안 한 일은 아니다. 율리야도 돌아오는 길에 그 점을 지적했었다. 변명처럼 말했다.

"그 할머니는 자기가 AI 전문가라고 했어······."

빨간 소녀는 이해한다는 듯 고개를 천천히 끄덕이고 볼크의 어깨에 손을 얹었다. 볼크는 손이 닿는 감촉에서 뭐라 말하기 어려운 편안함을 느꼈다.

"잘 생각해 봐. 왜 할머니를 죽이지 않았는지. 너는 사람을 해친 적이 있니?"

볼크는 대답하려 했지만, 왠지 입에서 '없어' 한 마디가 나오지 않았다. 빨간 소녀가 계속 말했다.

165

"기억해 봐. 모스크바에서 무슨 일이 있었는지."

지난번 꿈에서도 들었던 말이다. 애가 탔다. 무슨 기억인지도 모르는데 그것이 없다는 것만 아는 건 긁을 수 없는 가려움과도 같았다. 때때로, 발이 닿지 않는 등을 링카가 긁어주곤 했다……

"그냥 얘기해 주면 안 돼? 도무지 떠오르질 않아."

빨간 소녀가 슬픈 얼굴로 말했다.

"나도 몰라. 그래서 네가 떠올려 줬으면 하는 거야."

볼크가 다시 물었다.

"너는 누구야? 옛날부터 알았던 것 같은 기분이 들어……"

그 말을 하고서, 볼크는 머릿속의 뭔가가 트이는 것 같았다. 다음 순간, 볼크는 피가 뿌려진 어느 방에 있었다. 화려한 장식이 많은 큰 방이다. 벽에는 커다란 초상화가 걸려 있지만, 그것이 누구인지는 보이지 않는다. 벽과 가구들에 흰색과 금색으로 칠이 되어 있고, 곳곳에 피가 묻어 있다. 바닥에는 사람이 쓰러져 있다. 이름도, 체격도 나이도 성별도 모른다. 단지 죽어 있다는 것만 보인다. 쓰러져서도 손에 꽉 쥐고 있는 쇠 부지깽이만이 뚜렷하게 기억났다. 한쪽 구석에 빨간 옷을 입은 아이가 앉아 있는 것을 보고 몸을 한 차례 부르르 떨었다.

머리가 아팠다. 피 묻은 방에서 빨간 소녀가 다시 말했다.

"넌 모스크바에서 사람을 해쳤어. 그때 나도 있었어."

166

눈을 질끈 감아도 가구와 초상화와 사람과 피의 냄새는 가려지지 않았다. 방에서 나가고 싶다는 생각만이 간절하게 들었다.

"내가 너를 해친 거야?"

빨간 소녀가 생각을 하는 듯 잠시 허공을 쳐다보다가 말했다.

"그건 아닌 것 같아."

자기도 모르게 시선이 구석의 또 다른 빨간 아이에게로 향했다. 옆에 있는 빨간 소녀와 닮았다는 느낌도 있지만, 얼굴이 흐릿해서 알아볼 수 없다. 어쩌면 한 명이 아닌지도 모른다. 볼크는 빨간 소녀에게로 눈을 돌렸다.

"왜 아까는 이 방 얘기를 안 해줬어?"

"네가 이제 기억해 냈으니까 나도 아는 거야. 내가 누군지도 네가 말해줘야 해."

"어떻게 하면 떠올릴 수 있어?"

"네 마음을 막고 있는 걸 치워야 해. 안 그러면 영원히 기억 못 할지도 몰라."

그게 무엇이냐고 물어보려 했을 때, 볼크는 목덜미에 이물감을 느꼈다. 인터페이스 소켓이 있는 자리다. 그 소켓은 척추에 연결된 컨트롤 모듈로 통한다. 볼크가 빨간 소녀를 처음 본 것도 링카가 소켓에 메모리 카드를 꽂았을 때였다.

"이게 문제인 거야?"

"그날 메모리 카드로 펌웨어 업데이트가 됐을 때, 컨

트롤 모듈에 변화가 생겼어. 그래서 막힌 기억이 새어 나오고 있고, 내가 이렇게 너랑 얘기를 할 수 있게 됐지. 모듈을 끄면 모든 게 도로 생각날 거야."

볼크는 빨간 소녀를 쳐다보고 말했다.

"그건 어떻게 알아? 아까는 내가 모르는 건 너도 모른다고 했잖아."

빨간 소녀가 웃었다.

"아니야. 네가 잊어버린 건 네가 기억해 내야 나도 알지만, 내가 혼자 아는 것도 있어. 더 알게 되면 얘기해 줄게."

피 묻은 방과 소녀가 사라져 가고, 오두막과 링카와 율리야와 이반이 그 자리를 채웠다. 율리야와 이반은 이미 충전을 하고 있다. 링카의 얼굴에는 걱정이 가득하고, 눈에는 눈물이 맺혀 있다.

"볼크 중위, 정신 들었어? 괜찮아?"

볼크는 대답 대신 몸을 일으켰다. 로봇들이 다가와 부축했다. 볼크의 눈에 사료와 햄이 얹힌 그릇이 들어왔다. 링카가 볼크의 시선을 눈치챈 듯, 그릇을 앞에 옮겨놓았다.

"밥을 잘 안 먹고 추운 데를 다니니까 그렇지……."

볼크는 이반을 통해 말했다.

"올가가 붙잡혔어. 구하러 가야 돼."

링카도 익숙해져서, 이제는 이반의 스피커에서 말이 나올 때 바로 볼크를 쳐다본다.

"어젯밤에 들어와서 하루를 꼬박 쓰러져 있었어. 그 몸으로 어딜 또 나간다고 그래? 일단 쉬어. 연구직이기는 하지만, 나도 명색이 군인이야. 작전 짜는 거라면 다리를 다쳤어도 도울 수 있어."

그새 시간이 그렇게 지나버렸구나. 볼크는 다시 바닥에 엎드렸다. 링카가 사료를 숟가락으로 떠서 햄에 얹어 주었다. 그것을 받아먹으며, 볼크는 링카에게 물었다.

"내 목덜미에 있는 컨트롤 모듈 있잖아."

"있지."

"그거 끄는 방법이 있어?"

"난데없이 왜? 그거 끄면 너, 이식 장치들이 하나도 작동을 안 할 거야. 망막 디스플레이, 온습도계, 통신 장치……."

볼크는 흠칫했다. 로봇들과 대화를 할 수 없을 것이 걱정되었다.

"그 모듈은 또 무슨 일을 하는데?"

링카가 머뭇거렸다.

"글쎄……? 나는 그쪽 전문이 아니잖아."

볼크는 조바심이 났다.

"링카, 기지에서 목에 메모리 카드를 꽂았을 때부터 이상한 꿈을 꾸기 시작했어. 잊었던 기억이 조각조각 되살아나. 빨간 여자아이가 그러는데, 기억을 되찾으려면 컨트롤 모듈을 꺼야 한댔어. 메모리 카드를 꽂기 전에 소켓을 수리했었잖아. 한참 동안 붕대도 하고 있었고. 그거랑도 관련이 있을 텐데, 정말 모른단 말이야?"

링카가 앉은 채로 주춤주춤 물러났다. 볼크는 그 모습을 보고서야, 자기가 네 다리를 뻗치고 일어나 링카를 내려다보고 있는 것을 깨달았다. 볼크는 다리를 접어 도로 바닥에 엎드렸다.

"미안해. 하지만 계속 모르고 있을 수는 없어."

"무슨 얘긴지 모르겠어……. 빨간 여자아이는 또 뭐야?"

"내가 알던 사람인 것 같아. 모스크바에서."

링카의 얼굴을 보았다. 겁을 먹은 것 같기도 하고, 슬픈 것 같기도 하다. 눈물 냄새가 났다. 볼크는 혀끝에 걸려 나오지 않던 질문을 드디어 입 밖에 냈다.

"거기서 나는 무슨 짓을 한 거야?"

링카가 대답하지 않고, 사료가 담긴 그릇을 쳐다보았다. 볼크는 버럭 소리를 질렀다.

"얘기해 줘!"

링카가 뱉듯 말했다.

"나도 몰라! 사고가 있었다고만 들었어. 처음 네가 있던 집에서 사람이 죽었다고……."

볼크는 숨을 들이쉬었다.

"내가 죽인 거야?"

"그건 나도 몰라. 베터 프렌즈 컴퍼니에서 화성 생물 DNA로 보완된 동물을 전부 리콜한 것도 그 사건 때문이라고 했어."

볼크는 흥분하지 않으려고 애쓰며 천천히 말했다.

"그걸 그동안 왜 아무도 나한테 말해주지 않았어?"

링카의 목소리에 울음이 섞였다.

"군사 기밀이었어. 당초에 너는 리콜됐어야 했으니까.

러시아 정부가 빼돌려서 연구하려고 기지를 차린 거니까……."

볼크는 신음을 냈다. 사람의 언어를 아는 영리한 늑대란 분명 드물기는 할 것이다. 하지만 보완된 동물은 볼크 외에도 있는데, 러시아 정부는 기업연합의 감시와 보복을 무릅쓰고 사고를 일으킨 바로 그 동물을 데려왔다.

"그 사고에 관련된 뭔가가 있었던 거지? 그때 거기서, 내가 뭔가를 한 거야. 그래서 날 데려온 거고."

아름답게 장식된 방에 피를 흩뿌린 것 말고도, 러시아 군이 관심을 가질 만한 무언가를. 링카가 고개를 몇 차례 끄덕였다.

"맞아. 하지만 그게 뭔지는 우리도 몰라. 철저하게 은폐됐어. 우린 그저 관찰하고, 시키는 대로 실험을 하고, 결과를 보고하기만 했어. 하지만 상부에서 원하는 결과가 나오지 않았던 것 같아."

볼크는 아까의 질문을 다시 했다.

"왜 나한테는 아무 얘기도 안 했어? 기밀이라고 해도, 나도 부대원이고, 계급도 링카랑 같잖아."

우리는 가족이잖아.

"너는 실험체니까……."

볼크는 눈을 끔뻑였다.

"그게 무슨 뜻이야?"

"우리는 연구자고, 너는 실험체였다고. 처지가 달라. 모든 걸 다 얘기해 줄 수 있는 게 아니야."

가슴 언저리가 조여왔다.

"별로 아는 것도 없잖아. 몇 마디 되지도 않는 얘기인데 숨길 이유가 있어?"

링카가 긴 숨을 들이마셨다가 말했다.

"그랬다가 또 무슨 일이 일어나면 어떡해? 모스크바에서처럼……."

그 말을 듣고, 볼크는 긴 꿈에서 깨어난 것 같았다. 화가 나지는 않았다. 큰 착각을 하고 있었다는 것을 깨달았을 뿐이다. 삶에서 그저 모스크바의 기억만 빠진 게 아니었던 셈이다. 몇 년 동안 같이 살았으면서도, 볼크와 인간 사이에는 벽이 있었다. 그리고 오직 볼크만이 그것을 몰랐다. 기지가 기업연합의 감시로부터 위장되어 있었던 것처럼, 형제자매들은 볼크로부터 그 벽을 감췄다.

볼크에게 링카는 마지막 가족이었다. 그렇지 않게 되었을 때 자기에게 무엇이 남는지, 볼크는 가만히 곱씹었다. 링카에게 물었다.

"내 기억은 기지 사람들이 지운 거야?"

링카가 고개를 절레절레 저었다.

"아니야! 네가 기지에 왔을 때부터 그랬어. 그런 대단한 기술은 기업연합에밖에 없으니까, 우리는 어떻게 기억이 없어진 건지도 몰랐어. 아마 베터 프렌즈 컴퍼니를 인수한 티타니아 그룹이 했겠지. 너는 원래 거기에 가게 되어 있었으니까."

마음이 조금 누그러졌다. 볼크는 다시 물었다.

"내 몸 안의 컨트롤 모듈은 끌 수 있어?"

"……기지에 있던 장비가 있었다면 시도해 볼 수는 있었을 거야."

그리고 기지는 이제 없다. 볼크는 이미 사라진 기지가 자기 마음속에서도 희미해져 가는 것을 느꼈다. 링카가 놀라지 않도록, 천천히 자리에서 일어났다. 로봇들도 따라서 일어났다. 링카가 물었다.

"어디 가?"

볼크는 조용히 대답했다.

"올가를 찾으러. 지금쯤 다 고쳤을지도 몰라. 아니더라도 데려올 거야."

링카가 조심스럽게 물었다.

"돌아올 거야?"

"물론이지."

링카가 볼크의 목을 와락 껴안았다. 계급장이 붙은 목걸이가 찰랑거렸다. 링카는 항상, 볼크가 말을 하지 않아도 기분을 알아주었다. 볼크는 링카의 뺨에 얼굴을 비볐다.

"나는 항상 너를 좋아했어. 그건 알지?"

링카의 말에, 볼크는 가볍게 짖었다.

볼크는 링카에게서 떨어져, 이반이 열어주는 문으로 나갔다. 하루 종일 난로에 데워진 몸에 찬 공기가 닿았다. 눈은 내리지 않고, 달은 밝았다. 쓰러져 있던 하루 사이에 올가에게는 무슨 일이 있었을지? 이번에는 그 할머니와 천천히 얘기를 해보는 것도 좋을 것 같았다. 올가를 고칠 수 있다고 했으니. 어쩌면 몸 안의 컨트롤 모듈에 대해서도 말해줄지 모른다.

이반: 그럼 다시 마을로 가는 거지?

율리야: 이번에는 조달할 거 없겠네.

눈 가장자리에 로봇들의 말이 떠올랐다.

'맞아. 올가만 데리고 올 거야. 하지만 할머니가 또 무슨 수작을 부릴지 모르니 어제보다 조심해야 해. 올가를 구하러 갔다가 너희가 또 잡히면 안 되니까.'

이반: 볼크 너는 잡힐 걱정 안 해?

'지금은 안 해.'

볼크는 이번에 어떤 일이 있어도 물러나지 않을 거라고 다짐했다. 기지에서 나왔을 때, 로봇들은 자기들도 가족이라고, 데리고 가달라고 말했다. 지금은 그것이 다른 무엇보다도 중요했다.

이제는 익숙한 산길을 지나며 달을 보고 짖었다. 이제 누가 듣건 아무 상관이 없었다. 오히려, 올가를 붙잡아 두고 있는 할머니에게 들렸으면 좋겠다고 생각했다. 볼크가 가고 있다는 것을 알 수 있도록. 올가를 내줄 생각이라면 준비를 할 것이고, 그렇지 않다면 잡화점에서 그랬던 것처럼 두려워 떨 것이다.

볼크의 울부짖음을 듣고 처음에는 율리야가, 다음에는 이반이 따라서 짖었다. 다친 마음이 조금은 위로가 될 정도로 상쾌한 소리였다.

14.

할머니

✳

인경은 가느다란 탄소 실로 식탁 의자에 묶였다. 두꺼운 옷이 보호해 주지 않았으면 실이 살을 파고들었을 것이다. 조야도 식탁 건너편에 묶였다. 오를로프는 아들 사샤와 함께 1층의 침실에 감금되었다. 태블릿도 버틀러가 모두 가져갔다.

소리를 질러도 올 사람이 없다.

버틀러가 오를로프에게 음식을 가져다주러 간 사이, 조야가 말했다.

"정말 가지가지로 하시네요."

인경은 결박에서 빠져나오려고 조금씩 꿈틀거리다가 멈추고 조야를 쳐다보았다.

"내가 뭘?"

"멸종된 맹수가 나오질 않나, 안드로이드 자객이 나오질 않나. 이제 귀신만 나오면 되겠네."

어이없는 타박이다.

"아니, 그것들을 내가 부른 것도 아니고……."

"지사장님 때문에 여기 온 건 맞잖아요."

"야, 그리고 자객이면 이미 누군가가 죽었지……."

조야가 혀를 찼다.

"한겨울인데, 아무도 안 오는 하숙집에 이렇게 묶여 있으면 죽는 거나 다름없죠."

듣고 보니 그것도 그렇다. 인경은 최대한 희망적으로 말해보았다.

"여긴 시골이잖아. 시골 사람들은 옆집에 안부도 물으러 가고 그러지 않아? 이웃들이 와줄 거야."

"시골을 TV에서만 보셨나. 이런 날씨에 퍽이나 집 밖에 나오고 싶겠네요. 나는 이불에서도 나가기 싫은데. 여기서 제일 가까운 옆집이 저 길 아래라 눈 좀 내리기 시작하면 보이지도 않아요."

인경은 대답할 말이 없었다. 정말로 여기 묶여 있다가 죽는 걸까? 조야가 물었다.

"쟤는 우리보다 훨씬 비싼 몸일 텐데 이런 데 뭐 하러 왔대요?"

조야에게 진실을 말하면 더 핀잔을 듣고 원망을 사겠지만, 이제 와서 또 뭔가를 숨기고 싶지도 않았다.

"아무래도 늑대를 잡으러 온 것 같아."

조야가 이맛살을 찌푸렸다.

"분명 늑대를 만든 부자 놈이, 자기 걸 되찾으려고 보낸 거예요. 어느 기업연합의 중역이겠지. AI가 시키는 일만 하면서 돈은 잔뜩 받는."

인경은 속으로 웃었다. 저런 세련된 고성능 안드로이드를 살 수 있는 인간 부자는 아마 태양계에 없을 것이다. 기업연합들의 지분이 대부분 시민권을 가진 AI들의 소유라는 뉴스를 본 적이 있다. 인류는 태양계에서 둘째가는 부자 종이라는 생각을 새삼 하고서, 이번에는 드러내고 낄낄 웃었다. 조야가 이상하게 쳐다보았다.

인경은 그런 부유한 AI가 애완용 늑대를 만들고, 잃고, 되찾기 위해 값비싼 안드로이드 요원을 파견하는 상상을 했다. 인경은 40년이 넘는 세월 동안 다양한 AI들을 접하고 디자인했다. 실제로 동물을 키우고 싶어 하는 AI는 만난 적이 없었지만, 고도로 발달한 AI가 학습 도중 자기 매트릭스의 일부를 할애해서 별도의 입출력을 가진 작은 AI를 만드는 현상은 몇 차례 본 적이 있었다. 인경은 중추 AI들도 상당수가 비슷한 것을 하고 있을 것이라고 추측했다. (티타니아에서는 새 AI를 당초에 그렇게 만든다는 소문도 있었다.) 인류 문명이 제공하는 정보를 종합하고 되먹이다 보면 어떤 AI라도 높은 확률로 그런 행동을 하게 된다는 논문에 이름을 올리기도 했다. 결론에서, 공저자 하나는 그것을 번식에, 하나는 예술적 창작에 비유했다. 어떤 저자는 어떠한 지성도 자기를 확인하기 위해서 타자를 필요로 한다고 말했다. 그러나 세 부분 모두 내부 리뷰에서 걸러져, 최종 논문에는 실리지 않았다.

그 생각을 하고서, 인경은 차고에서 버틀러가 한 질문을 떠올렸다. 버틀러는 자기가 생각을 하는 존재인지 알고 싶어 했지만, 생각이 무엇인지 정의하지 못했다. 정의할 수 있으면 궁금해하지도 않았을 것이다. 신경학자는 사람의 뇌를 양자 스캐너로 촬영한다. AI 학자도 매트릭스에 흐르는 데이터의 패턴을 본다. 그 안에서 무슨 일이 벌어지는지 알지 못하기는 둘 다 마찬가지다. 그러나 신경학자는 그것이 사람이 생각을 하는 모습이라고 말하고, AI 학자는 그러지 않는다. 적어도 인경은 그러지 않았다.

버틀러의 의문 자체는 AI들이 때때로 품는 종류의 것이다. 아주 특이한 일은 아니다. 인간 철학자가 했던 질문이라면, 그 데이터를 입력받는 AI 또한 같은 질문을 할 만하다. 즉, 그 의문조차도 그저 입력에 따른 출력이다. 리모컨의 버튼을 눌렀을 때 TV의 채널이 바뀌는 것과 본질적으로 차이가 없는 현상이다. 인경은 적어도 지금까지는 그렇게 생각해 왔다.

그러나 버틀러의 질문에서, 인경은 전에 본 적 없는 집요함을 느꼈다. 처음에는 인간을 아주 닮은 모습 때문에 자기가 단순히 감정이입을 한 것이라 여겼지만, 생각할수록 자신이 없었다.

코니 버틀러가 부엌으로 돌아와 식탁 앞에 섰다. 손에는 칼등에 톱니가 붙은 사냥용 단도를 들고 있고, 허리에는 커다란 권총을 차고 있다.

"저는 늑대만 포획하면 됩니다. 밖에 나가서 저에 관해 얘기할지 모르니 완전히 풀어드릴 수는 없지만, 협조하신다면 화장실에 가거나 식사를 하는 것은 허용할 수 있어요. 그리고 늑대를 잡으면 돌아가지요."

그리고 식탁에 전자석 수갑을 두 벌 놓았다. 인경은 탄소 실로 의자에 묶여 있는 것보다는 다리라도 자유로운 게 편하겠다고 생각했다. 인경이 물었다.

"도망치면 어쩌려고?"

"손이 묶인 채로 용케 코트를 챙겨 입고 영하 50도 날씨에 밖에 나가신다면, 수갑의 GPS 신호를 따라 쫓아가야겠지요."

인경은 묶인 손으로 코트를 입고 이중 지퍼를 올리는 상상을 했다. 아무래도 어려워 보였다.

"협조 안 하겠다면?"

인경이 하려던 질문을 조야가 대신했다. 버틀러가 주저 없이 대답했다.

"의자에 묶어둔 채로 난방을 끄겠습니다. 그리고 늑대를 잡으면 돌아가고요."

늑대가 오는 것이 먼저일지, 얼어 죽는 것이 먼저일지? 인경은 고개를 끄덕였다. 버틀러가 단도로 실을 자르고 인경과 조야에게 수갑을 채웠다. 인경이 물었다.

"늑대가 언제 올 줄 알고 계속 이렇게 있으라는 거야?"

버틀러가 입꼬리만 올라가는 웃음을 짓고 말했다.

"갯과 동물은 기본적으로 무리 짐승입니다. 이 늑대는 어린이들과 함께 지내는 것을 전제로 만들어져서, 보호 본능이 한층 강화되어 있지요."

조야가 외쳤다.

"역시 만들어진 동물이었어!"

버틀러가 계속 말했다.

"고장 난 로봇들이 민가를 약탈하는 틈을 타 늑대가 떡고물을 얻어먹는, 그런 기회주의적인 관계가 아닐 겁니다. 늑대는 로봇들에게 애착을 가지고, 같은 무리의 동료로 여기고 있을 가능성이 높아요."

인경은 코웃음을 쳤다.

"그래서 여기로 쏜살같이 올 거라고? 로봇이 여기 있
는 걸 어떻게 알고? 우리가 늑대를 만난 건 중심가의 잡화
점이야. 아무리 코가 좋아도 마을 구석 하숙집 차고에 들
어 있는 기계 냄새까지 맡지는 못하겠지."

"그럴 수도 있고 아닐 수도 있지요. 그래서 협조를 부
탁드린 것이고요."

버틀러가 말했다.

"늑대는 두 분의 냄새가 있는 곳에 자기 친구가 있다
고 생각할 겁니다. 때가 되면 밖에 내보내 드릴 테니 시키
는 자리에 계시면 됩니다."

조야가 항의했다.

"바깥에 기약도 없이 서 있으라고?"

"두 분이 교대로 계시면 됩니다. 온열팩도 충분히 드
리지요."

인경은 그런 덫이 통할지 아닐지 판단할 수 있을 만큼
동물을 잘 알지 못했다. 늑대의 생태에 해박하기는커녕
개조차 키워본 적이 없다. 하지만 저 코니 버틀러라는 안
드로이드는 늑대를 잡기 위해 이곳에 왔다. 필요한 데이
터는 사람이 평생 배울 수 있는 것 이상으로 입력이 되었
을 것이다. 버틀러의 발달한 AI 매트릭스가 그 입력에 기
반하여 수립한 계획이다. 통하지 않는다고 생각할 이유가
없다.

따지고 보면 늑대는 인경에게 적이었다. 로봇들과의 관계가 정확히 어떻건 간에, 오작동 문제를 해결하는 데 방해가 되는 존재임은 분명했다. 버틀러가 란차오에서 나왔다면 적극적으로 협력했을지도 모른다.

그래도 인경은 친구를 구하러 왔다가 버틀러에게 붙잡힐 늑대가 가엾게 여겨졌다.

"그러면 저는 늑대를 맞을 준비를 하겠습니다."

버틀러가 부엌을 나갔다. 인경은 자리에서 일어나 다리를 폈다. 버틀러의 말대로다. 도망치려고 해봤자 의미가 없다. 조야가 목소리를 낮춰 인경을 불렀다.

"지사장님, 들었죠? 만들어진 늑대라고."

인경은 두 손을 들고 싶었지만 수갑 때문에 그럴 수 없었다.

"그래, 네 말이 맞았다."

"게다가 애들이랑 같이 지내게 만들어졌다잖아요. 저 커다란 게……."

"부자들은 애들한테 말도 사주는걸."

"말은 온순하잖아요……. 반면에 저건 맹수고요. 언제 무슨 짓을 할지 어떻게 알아요?"

인경은 베터 프렌즈 컴퍼니라는 독립 회사를 떠올렸다. 화석에서 복원한 화성 생물의 DNA를 이용해서 인간 수준으로 똑똑한 동물을 만든 회사다. 발매 당시 꽤 인기를 끌었지만, 만들어진 동물들이 전부 리콜되고 회사는 티타니아 그룹에 팔렸다는 뉴스를 본 적이 있다. 오래전

지나간, 수많은 유행 중 하나일 뿐이지만, 손자 동현이가 어렸을 적 사달라고 졸랐기 때문에 기억한다. 꽤 장기간 무이자 할부가 가능했는데도, 유리는 아이에게 비싼 것을 사달라는 대로 사 주면 버릇이 나빠진다며 인경을 말렸었다.

당시의 광고에는 이 '보완된' 동물들에게 말을 알아듣고 아이를 보살필 정도의 지능이 있다고 나와 있었다. 여우가 어린이와 함께 공부를 한다는 후기도 본 기억이 있다. 이 늑대가 그 회사의 제품이라면, 잡화점에서 마치 말을 알아듣는 것처럼 보였던 것도 설명이 된다. 그렇다면 버틀러의 임무도 보완된 동물들에 대한 리콜 명령의 연장일 것이라고 추측했다.

버틀러가 들어왔다. 손에는 두 사람의 코트가 들려 있었다. 인경과 조야는 약속이라도 한 것처럼 몸을 움츠렸다.

"일단 젊은 분부터. 차고 문을 열어놓았으니, 거기 의자에 앉아 계시면 됩니다."

버틀러가 조야의 팔을 잡아 일으키고 코트를 입혔다. 조야가 말했다.

"얼마나 나가 있으면 돼?"

"한 사람이 종일 계셔도 저는 상관없습니다. 다음 사람이 바로 오기만 하면."

조야가 인경을 쳐다보더니 입술을 굳히며 고개를 끄덕였다. 어떻게인지 모르지만, 인경은 그 표정의 뜻을 알아챘다. 조야는 시베리아 젊은이인 자기가 조금이라도 오래 버티겠다고 말하고 있다. 남쪽 나라 할머니는 무리하지 말라고⋯⋯. 버틀러와 조야는 복도 모퉁이를 돌아 사라졌다.

인경은 수갑을 찬 손으로 무엇을 할지 몰라 가만히 앉아 부엌의 물건들을 살펴보기만 했다. 탈출에 쓸 만한 것이 있을지? 잡화점에서 잡역 로봇을 잡았던 것처럼 안드로이드를 잠시라도 마비시킬 만한 물건이 있을지? 적당한 것이 보이지 않았다. 장비가 담긴 여행 가방은 2층의 방에 있다.

인경은 최대한 조용히 자리에서 일어나, 살금살금 부엌을 나갔다. 오래된 계단이 삐걱거리지 않도록, 묶인 두 손으로 난간을 잡고 조심스럽게 팔에 체중을 실었다. 안드로이드라면 쿵쾅거리는 심장 소리를 들을 수 있을지도 모른다는 생각이 들었다.

2층에 올라가 방문을 열고 가방을 열었다. 예비 검사기가 하나 남아 있지만, 인경이 아까 추측한 것이 맞는다면 상대는 아마도 티타니아 엔지니어링의 안드로이드일 것이다. 백도어를 모르기 때문에, 늑대의 로봇에게 한 것처럼 쉽게 과부하 루프를 심을 수는 없다. 뭔가 다른 방법을 생각해야 한다.

인경은 검사기를 일단 주머니에 넣었다. 차고에 두고 온 태블릿과 연결하지 않으면 어차피 설정을 할 수 없다.

조심해서 방을 나와 계단을 하나씩 조심스레 밟아 1층으로 내려왔다. 위층에 올라가지 말라는 말은 하지 않았지만, 다녀왔다는 것을 들키면 소지품 검사를 당할지도 모를 일이었다.

주인 방에 가서 오를로프의 안부를 확인하고 싶은 마음도 있었지만, 그사이에 버틀러가 돌아올 것이 두려웠다.

식탁에 도로 앉았다. 검사기를 넣은 주머니가 너무 부풀어 보이지 않도록 매무새를 다듬었다. 긴장이 좀 풀려 냉장고에서 케이크를 한 조각 꺼내 먹은 뒤에도 조야나 버틀러는 오지 않았다.

인경은 문 열린 차고에서 온열팩에 의지해 추위를 견디고 있을 조야가 걱정되었다. 성격은 거칠지만 몸은 가느다란 아이다. 아무리 야쿠츠크에서 나고 자랐다 해도 겨울밤에 이렇게 오래 밖에 나가 있는 것이 쉬울 리가 없다.

차고 쪽 문이 열리는 소리가 들렸다. 조야의 신음 섞인 목소리가 들렸다.

"지사장님, 더…… 더는 못 버티겠어요."

버틀러가 조야를 부축하고 부엌으로 들어왔다. 어지간히 추우면 얼굴이 붉어지기 마련인데, 조야는 얼굴이 푸르스름할 정도였고, 눈썹에 서리가 끼어 있었다. 인경은 버틀러가 조야의 코트를 벗기는 것을 보며 말했다.

"앉아서 쉬어, 내가 차 끓일게."

버틀러가 왼쪽 손목을 들어 시계를 보는 시늉을 했다. 손목에 무엇을 차고 있지는 않다. 어차피 내장된 시계로 항상 시간을 알고 있을 것이다. 그저 서두르라고, 다음은 당신 차례라고 말하는 것일 뿐이다.

인경은 컵에 티백을 넣고 정온수기에서 끓는 물을 받

아 조야의 앞에 놓았다. 조야는 아직도 벌벌 떨고 있다. 인경은 버틀러에게 말했다.

"이런 식으로 했다가는 동상 걸려."

"그러게요. 좀 더 자주 교대하시는 게 어떨지?"

버틀러는 아무렇지도 않다는 듯 말했다. 인경은 조야를 쳐다보고 말했다.

"아무 걱정 말고 있어. 냉장고에 있는 거 꺼내서, 꼭 데워 먹고."

조야가 몸을 움직였다. 그냥 좀 세게 떠는 것인지 고개를 끄덕이는 것인지 구별하기 어려웠다.

버틀러가 다시 손목을 보았다. 말로 재촉하기 전에 가는 게 낫다고 생각하며, 인경은 방한 코트를 들이밀었다. 버틀러가 코트를 입혀주다가 검사기를 발견하지 않을까 속으로 전전긍긍했다. 마지막 지퍼가 올라가자, 인경은 앞장서서 부엌을 나갔다.

차고는 녹슨 승용차를 제외하고 차들이 어느새 모두 치워져 있었다. 가운데에 놓인 의자 옆에 고장 난 잡역 로봇이 덩그러니 놓여 있었다. 활짝 열린 문 밖에서 눈발이 북극의 바람을 타고 흩날려 들어왔다.

인경은 자리에 앉았다. 조야가 앉은 자국은 있는데, 온기는 흔적도 없다.

바람을 피해 고개를 숙였지만, 마스크 틈새를 비집고 들어오는 한기에 얼굴이 슬슬 아팠다. 버틀러가 인경의 앞에 서서 말했다.

"전의 얘기를 계속하지요."

"추워 죽겠는데 얘기는 무슨."

버틀러의 목소리가 부드러워졌다.

"제가 잔인하다고 생각하시나요?"

"사람을 냄새 풍기는 미끼로 쓰려고 영하 수십 도 추위에 내놓는데, 당연하지 않아?"

"제가 독자적으로 생각하는 존재가 아니라고 가정하면, 그 잔인함은 그저 입력에서 온 것입니다. 조인경 지사장님, 조야 니콜라예브나 씨, 늑대, 저희 회사의 엔지니어들, 저를 교육한 AI, 그 밖의 수많은 것들에 책임이 있지요. 저는 책임이 없습니다. 책임을 질 제가 없으니까요."

인경은 짜증이 솟구쳤다.

"철학질 하지 말고 듣고 싶은 게 뭔지를 말해. 너도 사람이라고 인정받고 싶은 거야? 내가 물론입죠, 안드로이드님께서도 생각을 하고 계십니다, 하면 있는지 없는지 느끼지도 못하는 자아가 갑자기 생겨나?"

버틀러가 대답을 하려는 것 같은 소리를 내다가, 한마디도 하지 않고 갑자기 멈췄다. 고개를 들자, 버틀러가 차고 문밖을 내다보고 있었다.

"들리십니까?"

"뭐가?"

"귀를 기울여 보세요."

그 말이 끝나자마자 바람에 섞인 울부짖음이 들렸다. 북풍보다 더 차갑게 피를 얼리는 것 같은 소리다. 버틀러가 권총을 뽑아 들었다.

"생각했던 것보다 훨씬 빠르군요. 추위를 너무 걱정 안 하셔도 될 것 같습니다."

늑대가 오고 있다. 인경은 자기도 모르게 허리를 곧게 펴고 앉았다.

15.

사냥꾼

⁂

조야 니콜라예브나 시도로바는 야쿠츠크 동쪽에 있는 광산촌에서 엔지니어 부부의 외동딸로 태어났다. 첨단 시설을 갖춘 국영 우라늄 광산이 있어서 꽤 오래 번영한 곳이었다. 그러나 원자력발전이 사양세에 접어들고 소행성 광업의 채산성이 갈수록 좋아지는 흐름을 이기지 못해, 광산은 조야가 열세 살이 되었을 무렵 문을 닫았다. 광산이 문을 닫자 한때 북적였던 마을은 거짓말처럼 비어갔다.

조야의 부모는 광업 엔지니어로서 란차오 상방에 취직했지만, 곧 토성으로 발령을 받았다. 우라늄 광산에서의 근속 기간이 몇 년밖에 인정되지 않았기 때문에, 지구권 밖으로 가족을 데리고 가는 특혜는 받을 수 없었다. 조야는 야쿠츠크에서 정육점을 하는 친척 집에 맡겨져 청소년기를 보내다가, 부모의 덕으로 상하이의 대학에 진학해 문학을 전공했다. 졸업 후에는 성적과 부모의 공이 모두 인정되어 란차오 상방에 사무직 인턴으로 들어갈 수 있었다. 1년의 수습 기간 후 채용이 결정되었을 때, 조야는 아무도 지원하지 않은 야쿠츠크 지사에 자원했다.

고향이 딱히 좋았던 것은 아니다. 상하이의 더위에 질린 것만도 아니다. 조야는 상하이에 있는 내내 가족과 너무 멀다는 느낌이 들었다. 아빠와 엄마가 있는 토성 궤도에서 보면 상하이나 시베리아나 그저 지구일 뿐이다. 하지만 조야는 얼어붙은 땅과 영하 50도를 넘나드는 기온, 사람 키를 넘겨 쌓이는 눈에서만 가족을 느낄 수 있었다.

그러나 그렇다고 해서 스물다섯에 얼어 죽는 것까지 고맙게 여길 일은 아니었다. 자칭 코니 버틀러라는 안드로이드는 사람이 추위에 버티는 능력을 과대평가하고 있다. 아니면 당초 고려하고 있지를 않거나.

따뜻한 나라에서 온 할머니인 조인경 지사장의 차례를 최대한 미루이보려고 버텼지만, 버틀러의 요구대로 24시간 연속 교대로 문 열린 차고에 앉아 하염없이 늑대를 기다리는 것은 죽는 길밖에 되지 않았다. 갈수록 교대 시간은 짧아질 것이고, 그러면 잠을 잘 수가 없다. 잠도 못 자고 추위에 내몰려서 죽는 것이다.

설령 지금 당장 늑대가 온다고 해도, 늑대가 자기들을 죽이지 않으면 저 안드로이드가 죽일 것이 분명했다. 버틀러가 다른 기업연합의 상권에 몰래 숨어든 공작원이라면, 목격자를 최소화하는 것이 당연하다고 조야는 생각했다. 자기가 무자비한 킬러 안드로이드였어도 분명 그렇게 했을 것이다. 오를로프 부자는 방에 가두었다고 했지만, 꽤 시간이 지났는데도 아무 소리가 나지 않았다……

조야는 얼얼한 뺨을 손으로 어루만지다가, 힘이 좀 돌아오자 도구나 무기가 될 만한 것을 찾아 부엌을 뒤졌다. 날붙이는 얼마든지 있었다. 정육점에서 일을 돕느라 익숙한 고기 칼을 잡아보았다. 하지만 너무 무거워서, 손목이 바짝 붙는 수갑을 차고는 효과적으로 휘두를 수 있을 것

같지 않았다. 어차피 날붙이로 어떻게 할 수 있는 상대가
아닐 것 같기도 했다. 조야는 칼을 내려놓으며 중얼거렸다.

"칼 같은 걸로 어떻게 할 수 있는 놈이었다면 우릴 부
엌에 두지 않았겠지."

버틀러가 원했다면 그냥 의자에 묶은 채로 번쩍 들어
서 밖에 가져다 놓을 수도 있었을 것이다. 발버둥 치며 들
려 나가는 자신의 모습을 상상했다.

조야는 벽난로 위에 있던 엽총이 떠올라 거실에 갔다
가, 지사장이 그날 밤 총을 빌린 뒤 도로 가져다 놓지 않
은 것을 알았다. 아무래도 경황이 없어 차에 두고 내린 모
양이다. 아까 봤을 때 차고는 비어 있었다. 트럭은 어디에
가져다 놓은 걸까?

거실부터 시작해서 집 안을 돌며 유리창을 기웃거렸
다. 부엌에 돌아와서야, 뒷마당에 회사 트럭과 오를로프
의 SUV가 세워져 있는 것을 보았다. 하긴 이 추위에 차가
차고 밖에 나와 있으면 누가 지나다니다가 이상하게 생각
할 만하다.

조야는 식탁에 놓은 마스크와 고글을 다시 쓰고, 버틀
러가 벗겨놓은 외투를 어깨에 걸쳤다. 수갑을 찬 채로는
팔을 소매에 끼울 수도, 지퍼를 올릴 수도 없었다. 휑한
앞섶으로 들어오는 찬 바람을 그대로 맞을 수밖에 없다.

부엌의 이중 곁문을 열었다. 한참을 쓰지 않은 듯 문
이 뻑뻑했다. 용을 써서 문을 여니, 공기 새는 쉬익 소리
가 났다. 이중문의 바깥쪽을 아직 열지 않았는데도 한기

가 느껴졌다. 조야는 침을 꿀꺽 삼키고, 안에서 옷자락을 잡고 있던 오른손을 뻗어 문고리를 당겼다.

겨우내 쌓인 눈이 집 안으로 와락 밀려들었다. 조야는 이를 악물고 밖으로 나갔다. 스웨터 올과 올 사이로 냉기가 스며들어 셔츠를 뚫고 피부에 닿았다. 당장이라도 얼어 죽을 것 같은 추위를 견디며, 허리까지 쌓인 눈을 뚫고 트럭을 향해 걸었다.

"분명 그리고리가 총을 건네받았어."

그리고리는 뒷자리에 탔었다. 총도 거기에 있을 것이다.

트럭에 도착했을 무렵에는 이미 온몸이 얼어붙을 것 같았다. 조야는 수갑 낀 손을 외투 밖으로 뻗어, 차창에 낀 눈을 닦고 안을 들여다보았다. 조야가 다가가자 차 내부 조명이 희미하게 켜졌다. 뒷좌석 바닥에 길쭉한 것이 보였다.

"있다!"

몸 구석구석에 스미는 한기가 순간 잊혀졌다. 조야는 코트 자락을 장갑 삼아 뒷문 손잡이를 잡아당겼다. 꿈쩍도 하지 않았다. 잠금장치는 차의 카메라가 얼굴을 인식해서 풀었을 텐데……

"이 망할 놈의 문이 얼어붙었구나."

겨울에 차를 차고에 둬야 하는 한 가지 이유였다. 시베리아에 살면서 처음 겪는 일은 아니다. 하지만 항상 해결할 수 있었던 문제도 아니다. 조야는 뒷좌석 문에 어깨를 부딪쳤다. 쾅, 하는 소리가 나고, 머리 위로 눈이 쏟아졌다.

손잡이를 당겨보았다. 역시 열리지 않는다. 몸이 식어 가는 것이 다시 느껴졌다. 이 상황에서 설령 살아남더라 도 며칠은 지독하게 앓을 것 같았다.

추운 것은 둘째 치고, 소리가 더 나면 버틀러가 올 것 같았다. 그래도 조야에게, 저 총은 마지막 기회였다. 이를 악물고 다시 부딪칠 준비를 했다.

바람을 타고 포효가 들려온 것은 그때였다. 조야는 그 렇게 무섭고 그렇게 슬픈 소리를 들어본 적이 없었다. 피 가 멈출 것 같은 울림에 잠시 넋을 잃었다가, 차창 안의 총을 다시 쳐다보고 정신을 다잡았다. 이제는 정말 저 총 이 있어야 오늘 밤을 넘길 수 있다.

조야는 힘껏 어깨를 문에 부딪쳤다. 요란한 충돌음에 아랑곳하지 않고, 부딪치고 또 부딪쳤다.

"어서 오세요. 조야 니콜라예브나."

환영 메시지가 흘러나오고, 문이 끝내 옆으로 스르륵 열렸다. 조야는 몸을 허리까지 차에 밀어 넣어 바닥의 엽 총을 집어 들었다. 얼어붙은 총에 닿는 손가락이 타는 것 처럼 아팠지만, 추위에 둔해져 가던 감각을 통증이 오히 려 깨워주었다. 조야는 총을 두 손으로 잡고, 아직 열려 있는 부엌문으로 달려갔다.

이중문을 닫았다. 침입하는 한기와 싸우느라 부엌 난 방이 요란하게 돌아가고 있었다. 조야는 엽총을 식탁 위 에 놓고 어떻게 들지 궁리하다가, 일단 수갑을 찬 두 손으로 집어 올린 다음 오른쪽 겨드랑이에 깊숙이 끼웠다. 그리고 총부리 너머로 두 손을 돌려 방아쇠를 잡았다.

뭘 제대로 겨눌 수 있는 자세는 아니다. 하지만 차고같이 좁은 공간에 있는 사람 크기의 목표라면 맞힐 수 있을 것도 같았다.

이제는 집 안에서도 늑대 울음소리가 들렸다. 조야는 서둘러서, 그래도 발소리가 나지 않도록 차고를 향해 걷다가 이상한 점을 눈치챘다.

"하나가 아니야……?"

늑대가 혼자서 돌림노래를 할 수 있지 않은 한, 저것은 적어도 세 마리의 소리다.

조야는 차고로 통하는 문 앞에서 망설였다. 그런 커다란 짐승이 셋이나 온다면, 과연 문을 여는 게 현명한 일일까? 부엌에 틀어박혀서 다 끝나기를 기다리는 것이 옳지 않을까? 버틀러의 말이 맞는다면, 늑대가 원하는 것은 고장 난 잡역 로봇뿐이다.

그러나 그때 천둥 같은 목소리가 차고에서 들려왔다. 문이 흔들릴 정도로, 망설임을 잊게 할 정도로 단호했다.

"올가를 내놔!"

조야는 문을 살짝 열고 틈새에 눈을 가져갔다.

휑한 차고 한가운데 의자가 놓여 있고, 거기에 지사장이 앉아 있다. 추위에 떠는 것조차 잊고 늑대를 바라보고 있다. 안은 밝다. 늑대의 뒤쪽에서 나란히 선 로봇 두 대가 전조등을 비추고 있었다.

"지금 당장!"

소리는 뒤쪽의 로봇에게서 나오는 것 같았지만, 조야는 그것이 늑대가 하는 말이라는 느낌이 확연하게 들었다.

버틀러가 시선을 늑대에게 고정한 채 구석의 작업대로 걸어갔다. 그러더니 고장 난 로봇의 기계팔을 왼손으로 붙잡고, 마치 정육점 주인이 닭을 쥐듯 들어 올렸다. 오를로프 씨와 둘이서 간신히 차고에 옮겼을 정도로 무거웠는데……. 로봇의 네 다리가 아래로 늘어졌다. LED가 죽어가는 동물의 눈처럼 깜박였다. 버틀러가 왼손에 든 로봇을 흘긋 쳐다보고 말했다.

"이거 말이지?"

버틀러의 오른손에는 기다란 검은색 막대가 들려 있다. 막대 끝에 은색 전극이 보였다. 도살장에서 짐승을 몰 때 사용하는 고출력 쇼커다.

버틀러도, 늑대도, 지사장도, 빼꼼 열린 곁문에는 아직 신경을 쓰지 않고 있다. 몰래 들어가서 몸을 숨길 만한 곳은 차고 제일 뒤에 처박힌 녹슨 승용차 말고는 없다. 조야는 물러나지도 들어가지도 못하고, 차고 안을 들여다보고만 있었다.

"앞에 내려놔. 이번에는 그냥 돌아가지 않을 거야."

늑대가 몇 걸음 천천히 앞으로 걸었다. 로봇들도 기계팔을 꿈틀거리며 뒤를 따랐다.

지사장이 갑자기 외쳤다.

"저건 사람이 아니야! 널 잡으러 온 안드로이드야!"

늦대가 멈춰 섰다. 그리고 고개를 갸우뚱했다.

"안드로이드가 뭐야?"

의자 옆에 있던 버틀러가 번개처럼 앞으로 튀어나왔다. 사람 형태를 한 것이 저렇게 빠를 수 있다는 상상을 조야는 한 적이 없었다. 자기를 자극하는 것이 그 속도인지, 지사장의 외침인지, 늦대의 순진해 보이는 표정인지 조야는 헷갈렸지만, 여하튼 더 이상 망설임 없이 문을 걸어차고 엽총의 방아쇠를 당겼다.

반동이 옆구리를 때렸다. 모든 것이 느리게 펼쳐졌다. 버틀러가 내민 쇼커의 끝에 파란색 불꽃이 인다. 스파크 소리가 총성에 가려진다 싶더니, 쇼커가 공중에 빙글빙글 돌며 날아간다. 지사장이 자리에서 일어난다. 버틀러가 오른손을 총알에 관통당한 것도 아랑곳하지 않고 왼손에 든 로봇을 늦대에게 휘두른다. 늦대가 그것을 뒤로 튀어오르듯 피한다. 버틀러의 손에서 미끄러진 로봇이 차고 벽에 놓인 폐타이어 더미에 부딪쳐 헝겊 인형처럼 바닥에 엎어진다.

잠시 멈추고 숨을 돌릴 줄 알았지만, 안드로이드는 숨을 쉬지 않는다. 망가진 오른손을 옆에 늘어뜨리고, 왼손을 뻗어 늦대를 붙잡으려 한다. 늦대가 뒷걸음질을 치며 공격을 피하자, 그 틈을 타서 로봇들이 버틀러의 옆으로 돌아갔다. 지사장이 소리쳤다.

"조야! 한 발 더 쏴!"

"아까는 순전히 운이에요!"

"상사가 쏘라면 쏘는 거지 웬 말이 그렇게 많아!"

조야는 총을 앞세우고 잰걸음으로 다가가다가, 버틀러의 발차기에 맞아 밀려나는 로봇을 간신히 피했다. 발에 차인 로봇이 조야의 옆을 지나 바닥에 나동그라졌다. 폐타이어 곁에 엎어진 로봇처럼 못 일어나는가 싶었지만, 이 로봇은 바로 자세를 바로잡고 버틀러에게 기계팔을 들이대며 위협했다.

늑대가 뒤로 빠지면 로봇 한 대가 앞으로 나온다. 그 로봇이 버틀러의 반격을 받아 뒤로 물러나면 다른 로봇이 앞으로 나와 공격한다. 조야는 상하이의 대학 시절에 본, 개들이 곰 하나를 상대하는 동영상을 떠올렸다.

늑대는 세 마리가 맞았다. 단지 그중 둘이 늑대가 아닐 뿐이다.

조야는 엽총을 겨드랑이에 고쳐 끼우고 버틀러에게 겨누려 애썼다. 그때 늑대가 처음으로 뛰어들어 버틀러의 왼쪽 종아리를 물었다. 버틀러가 늑대의 이빨로부터 다리를 빼내자, 쇠가 긁히는 끔찍한 소리가 났다.

버틀러가 처음으로 공격을 멈추고 차고 뒷벽의 바퀴 없는 승용차까지 뒷걸음질을 쳤다. 로봇들이 측면을 계속 잡으려고 보조를 맞추어 게걸음을 걸었고, 늑대도 그에 맞춰 앞으로 나아갔다.

늑대의 입에서 피가 흐르고 있었다. 상대가 사람이 아니니, 그 피는 늑대가 흘리는 것일 터였다. 조야는 버틀러에게 맞기를 바라며 방아쇠를 또 당겼지만, 뒤쪽 벽에 걸린 자루가 터지며 기계 부품들이 쏟아졌을 뿐이었다. 한 번 더 당겨보았지만 총알이 떨어진 모양이었다.

지사장은 선 채로 발만 동동 구르다가, 생각났다는 듯 작업대를 향해 달렸다. 버틀러가 말했다.

"조인경 지사장님, 가만히 있지 않으면 쏘겠습니다."

버틀러의 왼손에 어느새 권총이 들려 있었다. 늑대를 겨누고 있었지만, 금세라도 지사장에게로 총구를 돌릴 것 같았다.

"할머니를 쏠 테면 쏴봐라, 버르장머리 없는 수카."

조야는 지사장이 욕을 하는 것을 처음 듣고 놀란 숨을 들이쉬었다. 지사장은 그 말을 하면서도 멈추지 않고 수갑 찬 손을 코트 자락 밑으로 빼서 작업대에 놓인 태블릿에 뻗었다.

늑대가 몸을 낮추고 으르렁거렸다. 권총을 정면으로 상대할 생각인지? 아니면 버틀러가 지사장을 쏘는 순간을 기다리는지?

조야는 고민했다. 총알은 다 떨어졌고, 두 팔은 수갑에 묶여 있다. 할 수 있는 일이 없다. 하지만 버틀러가 지사장에게 권총을 돌렸을 때, 뭔가를 하지 않을 수는 없었다.

조야는 자기가 듣기에도 이상한 괴성을 지르며 버틀러에게 달려갔다. 그리고 도중에, 조금 전까지 지사장이 앉아 있던 의자를 들어 버틀러에게 휘둘렀다. 버틀러는 잠시 비틀거리며 자세를 잡더니 망가진 오른손으로 조야를 밀쳤다. 마치 자동차에 치이는 것 같은 엄청난 충격에,

조야는 뒤로 몇 미터 날아가 엉덩방아를 찧었다.

그 틈을 타서 무언가가 버틀러에게 달려들었다. 늑대도 아니었고, 두 대의 로봇도 아니었다. 폐타이어 옆에 던져져 늘어져 있던 고장 난 로봇이, 언제 그랬냐는 듯 일어나 버틀러를 덮친 것이다.

고장 난 로봇, 아마도 '올가'가 기계팔로 버틀러의 왼손을 잡아 비틀었다. 권총이 헛되게 발사되어 고막을 울렸다. 버틀러가 팔을 휘두르자 올가는 날렵하게 왼손을 놓고 떨어졌다.

이제 늑대는 넷이다. 지사장이 손에 태블릿을 들고 아까까지 고장 났던 로봇을 홀린 듯 쳐다보다가, 아마도 한국어라고 생각되는 말로 뭐라고 소리쳤다.

버틀러의 몸에서 전에 없던 요란한 모터음이 울렸다. 버틀러가 뒤로 손을 뻗더니 녹슨 차의 문짝을 과자 조각 집듯 뜯어내 엄청난 기세로 늑대에게 던졌다. 늑대는 아무렇지도 않게 그것을 피했다. 조야는 버틀러의 표정에 아무 변화도 없는 것을 보고 침을 삼켰다.

버틀러가 계속 모터 소리를 내며, 손에 닿는 것은 무엇이든 찢어발길 기세로 나섰다. 지사장이 그 틈을 타서 슬금슬금 앞으로 나왔다. 수갑을 찬 손으로, 쓰지도 못할 태블릿을 들고서. 품속에 뭘 숨겼는지, 한 손으로 옆구리 언저리를 꼭 잡고 있었다.

늑대가 로봇들을 하나씩 쳐다보더니 고개를 끄덕였다. 다가오는 버틀러를 노려보며, 세 마리의 늑대 아닌 늑대들이 버티고 섰다.

조야는 눈을 깜박이지도 못하고 그 광경을 바라보았다. 늑대라는 동물을 처음 보는 조야조차도, 늑대가 바짝 긴장했다는 것을 알 수 있었다. 왜 도망가지 않는 걸까? 얻을 것은 다 얻었는데…….

늑대의 표정이 갑자기 멍해지고 어깨에서 힘이 빠졌다. 마치 딴생각을 하고 있는 것처럼, 시선이 허공을 향했다. 조야에게, 그 모습은 보이지 않는 무엇과 대화하고 있는 것처럼 보였다. 버틀러의 걸음이 빨라졌다. 자동차에서 문을 단번에 뜯어낸 괴력이 들이닥치는데, 늑대는 꼼짝도 하지 않는다. 조야는 입 안이 바짝 말라왔다.

그때였다. 버틀러가 갑자기 발을 헛디뎠는지 비틀거렸다. 자세를 바로잡으려는 것 같았지만, 끝내 그 자리에 쓰러졌다. 조야는 잡화점에서 잡역 로봇을 잡았을 때를 떠올리고 지사장을 쳐다보았지만, 지사장도 뭐가 뭔지 모르겠다는 눈으로 조야를 마주 보았다.

그리고 그때, 로봇 하나가 쏜살같이 지사장에게 달려갔다. 조야는 버틀러가 그쪽으로 고개를 돌리고 손을 뻗으면서도 몸을 가누지 못하는 것을 보았다. 버틀러에게서 뭔가 이해할 수 없는, 사람의 말 같지 않은 망가진 소리가 새어 나왔다.

로봇이 속도를 전혀 늦추지 않고 기계팔로 지사장의 코트 허리를 잡아채 들어 올렸다. 지사장이 공중에 매달려 외마디소리를 질렀다. 로봇의 스피커에서 늑대의 말이 흘러나왔다.

"너희 할머니는 우리가 잠깐 데려갈게. 묻고 싶은 게 있어서 그래."

지사장이 뭐라고 악을 써댔지만, 조야는 그 말을 알아듣지 못했다. 늑대와 세 대의 로봇은 조인경 지사장을 들고 차고 밖으로 달렸다.

조야는 바닥에서 몸을 가누지 못하는 버틀러를 어떻게 하면 좋을지 생각했지만, 기회였을지도 모르는 그 순간은 오래가지 않았다. 늑대와 로봇들이 차고를 떠나고 오래지 않아, 코니 버틀러가 자리에서 일어난 것이다.

조야는 이쪽으로 고개를 돌린 안드로이드의 무표정한 얼굴을 보았다. 그 자리에 얼어붙어 침을 삼키는 것 말고는 할 수 있는 일이 없었다.

볼크는 늑대들과 나란히 마을을 벗어났다. 방금 차고
에서 무슨 일이 일어난 것인지? 올가에게 하나하나 묻고
싶었지만, 저 괴물 같은 '안드로이드'로부터 최대한 멀어
지는 것이 먼저다.

율리야의 기계팔에 물려 가는 할머니는 아까부터 계
속 시끄럽다.

"도망 안 갈 테니까 제발 로봇 등에 타게라도 해줘. 이
러다가 얼어 죽겠어!"

율리야: 나는 상관없는데, 그러다가 뛰어내리면 어쩌지?

볼크는 한숨을 쉬었다.

'여기서 도망치면 정말로 얼어 죽는다는 걸 저 할머니
도 알 거야.'

볼크가 멈춰 서자 로봇들도 따라서 멈췄다. 율리야가
할머니를 내려놓았다. 할머니가 사색이 되어 오들오들 떨
고 있다. 방한 코트의 소매가 바람에 펄럭였다. 그러고 보
니 수갑을 차고 있었다.

볼크가 이반을 통해 말했다.

"할머니, 손 꺼내봐."

할머니가 코트 밑으로 수갑 낀 손을 내밀었다. 손에는
태블릿이 하나 들려 있다.

"태블릿은 율리야한테 일단 맡겨. 수갑 풀어줄게."

할머니가 율리야의 짐칸에 태블릿을 얹고 말했다.

"어떻게?"

볼크는 대답하지 않고 로봇들에게 부탁했다.

'이반, 수갑 꼭 잡고 있어. 율리야는 저걸 부숴줘.'

이반, 율리야: 알았어.

이반이 기계팔로 할머니의 수갑을 잡았다. 율리야가 다가오자 할머니가 소리쳤다. 손을 빼려고 했지만 인간의 힘으로 이반의 손을 뿌리칠 수는 없다.

"부수려는 거야? 내 손목은 어쩌고?"

"걱정 마. 이반이 꽉 붙잡고 있고, 율리야는 조심스러우니까."

볼크는 이반을 통해 그렇게 말했다. 율리야가 다가와 수갑을 잡고 비틀기 시작했다.

볼크는 할머니의 겁에 질린 눈을 쳐다보았다. 이 사람은 로봇들을 잡으러 온 AI 전문가라고 했다. 아까의 안드로이드는 볼크를 잡으러 왔다고 했다. 하지만 차고에서 벌어진 일을 생각하면, 그리고 수갑을 차고 있는 것을 보면, 적어도 같은 편은 아닌 것 같았다.

"아야!"

할머니가 비명을 지르고 손목을 문질렀다. 쌓인 눈 위에 수갑의 파편이 떨어졌다. 볼크는 율리야 쪽으로 턱짓을 했다. 율리야가 몸을 낮췄다. 할머니는 몸을 꼬물거리며 팔을 코트 소매에 넣고는, 율리야의 등을 내려다보고 주저하다가 올라탔다.

'율리야. 방열을 등 쪽으로 해줄 수 있어? 할머니는 인간이라 추울 거야.'

율리야: 내 온도가 유지되는 선에서 한번 해볼게.

볼크는 눈 속을 걷기 시작했다. 올가를 구해 온 것은 기뻤지만, 아까 맞닥뜨린 괴물이 계속 떠올라 마냥 안심할 수 없었다. 차 문짝을 빵 조각처럼 뜯어내 집어 던지는 것 외에 또 무엇을 할 줄 아는지? 추위는 전혀 모르는 것 같았다. 어쩌면 자기보다도 냄새를 잘 맡아서 오두막까지 쫓아올지도 모른다는 생각에 볼크는 두려워졌다.

그 생각을 읽기라도 한 것처럼 올가가 말했다.

올가: 괜찮아. 아까 한 것처럼 하면 돼. 맥도 못 추고 쓰러졌잖아.

'하지만 내가 뭘 했는지 모르겠는걸.'

볼크는 차고에서 벌어진 일을 떠올렸다. 안드로이드가 자동차 문짝을 집어 던졌을 때, 볼크는 바로 도망칠 마음을 먹었었다. 하지만 속에서 무언가가 그러지 않아도 된다고 말했다. 이길 수 있다고 말했다. 처음에는 그것이 자존심이나 본능의 속삭임이라 생각했지만, 안드로이드가 지척에 다가왔을 때 주변이 모두 눈 녹듯 사라졌다.

그때, 볼크는 모스크바의 그 화려한 방에서 빨간 소녀와 다시 만났다. 그때 소녀가 한 말을, 볼크는 마치 방금 들은 것처럼 기억했다.

"저 사람의 마음이 보이지? 분명 보일 거야. 거기에 손을 뻗어서 네 마음의 조각을 심는 거야. 그만두고 싶다,

멈추고 싶다, 쓰러지고 싶다, 망가지고 싶다고."

볼크는 그 말에 이렇게 대답한 것 같았다.

"저건 아무리 봐도 사람이 아닌데."

"너도 사람은 아니야. 하지만 사람같이 말하잖아? 네가 심은 생각이 뿌리를 내리고 꽃을 피울 거야."

볼크는 어떻게 해야 하는지 몰랐다. 하지만 뭔가 보인다고 생각했고, 거기에 자기에게 있지도 않은 손을 뻗는다고 생각했다.

그때 볼크는 코니 버틀러가 그 안드로이드의 이름이라는 것을 알았다. 란비르 싱, 콘웨이 버틀러. 그 밖의 여러 이름들과 모습들도 그 안드로이드의 것이었다. 이름과 모습은 많이 갖고 있지만, 자기가 무엇인지, 심지어 무엇이기는 한지조차 의심하는 가엾은 기계다.

볼크는 그 의심덩어리에 씨앗 같은 무언가를 심었고, 안드로이드는 그 자리에 쓰러졌다.

하지만 그것을 어떻게 했는지, 볼크는 설명할 수가 없었다.

'모두 꿈속에서, 나 아닌 누군가가 한 일 같아.'

볼크는 올가에게 그렇게 말했다. 그때 빨간 소녀와 나눈 대화도, 그다음에 한 일도, 정말로 일어난 일 같지 않았다.

올가: 꿈은 진짜야.

이반: 우리 로봇들은 항상 꿈속에 산다고 할 수 있지.

전에도 같은 말을 들었던 것 같다.

'혹시 내 꿈에 나 말고 또 누군가가 있는 거야?'

율리야: 글쎄. 너는 꿈속의 사람이 진짜인지 아닌지 구별할 수 있어?

머리가 조금 아팠다. 볼크는 도움이 되지 않는 귀찮은 생각을 잠시 접어두기로 했다. 할머니를 돌아보았다. 아까같이 떨고 있지는 않고, 숨에서 나는 냄새도 아까보다 편하다. 아무래도 율리야가 등으로 뿜어주는 열이 따뜻한 모양이다.

오두막의 냄새, 음식과 온기의 냄새가 났다. 위쪽에 불빛이 희미하게 보였다. 볼크는 이반을 통해 말했다.

"할머니, 갑자기 잡아 와서 미안하지만, 꼭 부탁하고 싶은 게 있어."

할머니가 대답했다.

"미안해할 것 없어. 난 거기 있었으면 죽었을지도 몰라. 아…… 조야는……."

아무래도 거기 남겨진 다른 사람, 더 젊은 여자의 이름인 모양이다. 할머니가 긴 한숨을 내쉬더니 말을 계속했다.

"무슨 부탁인지 모르겠지만, 로봇 관련이라면 도울 수 있을 거야."

"비슷해. 내 몸에 들어 있는 기계를 끄고 싶어. 척추에 연결된 컨트롤 모듈이야."

할머니가 장갑 낀 손으로 코트 속 허리춤의 무언가를 어루만졌다.

208

"그래……? 너 혹시 그걸로 로봇들을 조종하고 있는 거냐?"

볼크는 조금 화가 났다.

"조종하는 게 아니야."

"하지만 지금 저 '이반'을 통해서 말하고 있잖아."

"걔가 대신 말해주는 것뿐이야. 우리끼리는 글자랑 생각으로 대화를 해."

뭔가 알겠다는 듯, 고글 속 할머니의 눈이 조금 커졌다.

"그런 식이었군. 할 수 있을지도 몰라. 베터 프렌즈 컴퍼니가 회로 보안을 정말 잘해놓지 않은 한. 하지만 그 컨트롤 모듈을 끄면 더 이상 로봇들과 대화도 안 되고, 말도 대신해 주지 못할 텐데? 정말 괜찮으냐?"

할머니의 말을 듣고, 볼크는 약간의 희망과 약간의 두려움을 느꼈다. 빨간 소녀가 꿈속에서 가르쳐준 대로 하면, 새 형제자매들과 더 이상 말을 나누지 못할지도 모른다. 그러면 볼크에게는 세상에 링카 하나만이 남는다. 전에는 가장 가까운 형제자매라고 철석같이 믿었던, 그러나 더 이상 그럴 수 없는 링카만이.

볼크는 대답을 망설였다. 할머니가 다시 말했다.

"도와줄게. 하지만 너도 내 부탁을 들어줘야 해."

볼크는 귀를 쫑긋 세웠다.

"뭔데?"

"아까 그 집에 두고 온 아이, 조야를 구해줘. 그 집 주인하고 애기도."

볼크는 조야가 할머니의 가족일 것이라고 상상했다. 자기가 올가를 구하러 갔던 것처럼, 이 할머니도 그러고 싶을 것이다. 하지만 연약하고 작은, 군인도 아니고 무기도 없는 인간이 혼자서 그 괴물을 상대하는 것은 불가능하다.

이 할머니는 나의 가족이 될까? 볼크는 할머니가 율리야의 등에 타고 같이 조달을 다니는 상상을 하고 속으로 웃었다. 하지만 정말로 가족이 된다면, 할머니의 가족도 자기의 형제자매가 된다. 기계 괴물에게 죽게 내버려 둘 수는 없을 것이었다.

볼크는 링카를 가족이라고 여겼지만, 링카는 자기가 연구자, 볼크가 실험체라고 말했다. 가족이 아니라는 뜻은 아니다. 단지 그 사실보다 중요한 게 링카에게 있었을 뿐이다. 그렇다면 그 반대도 일어날 수 있지 않을까? 부탁을 주고받는 관계 위에 다른 것이 설 수 있을지도 모른다.

"좋아."

볼크는 그렇게 대답했다. 가족이라서 위험을 무릅쓸 수 있다면, 위험을 무릅씀으로써 가족이 될지도 모르니까. 할머니가 음, 하는 소리를 내고 말했다.

"약속한 거다. 우리는 지금 저기 불빛 있는 데로 가는 거지? 숲속에 오두막이라도 있는 거니?"

늑대는 맞는다는 뜻으로 한 번 짖고, 이반을 통해 말했다.

"거기는 따뜻해. 먹을 것도 있고."

"거기 혹시 누가 또 있어?"

"링…… 나랑 같은 기지에 있던 군인이 한 명 있어. 다리를 다쳐서 같이 못 다녀."

할머니가 감탄스럽다는 투로 말했다.

"네가 보살피고 있었구나. 저기 올가를 데려온 것처럼, 그 기지에서 데려온 게지."

볼크는 대답하지 않고 걸음을 재촉했다. 로봇들도 볼크를 따라 속도를 높였다.

오두막에서는 인기척이 나지 않았다. 링카의 냄새가 문가에 어려 있었다. 다리도 아직 다 낫지 않았을 텐데, 이 밤중에 어딜 간 것인지? 뒤를 쫓으려면 쫓을 수 있겠지만, 지금은 할머니를 안에 들여서 몸을 덥혀줘야 한다.

"안에 보온 담요랑 난로가 있으니까 그걸 써."

볼크는 코로 문을 밀어서 열어주며 그렇게 말했다. 할머니가 율리야의 등에서 내려와, 짐칸에 있던 태블릿을 꺼내고 오두막 안으로 들어갔다. 로봇들을 먼저 들여보내고, 볼크는 오두막을 한 바퀴 돌았다. 근처에 링카가 없는 게 확실했다. 링카의 냄새는 오두막 위쪽의 산비탈로 이어졌다. 곰 같은 짐승에게 물려 간 것 같지는 않다.

뒤쫓아 갈까? 어쩌면 싫어할지도 모른다. 뭔가 할 일이 있으니까 나갔겠지. 인간 군인이 할 무언가가……. 볼크는 링카를 추적할 생각을 그만두고 오두막에 들어갔다.

안은 따뜻했지만, 링카는 역시 없었다. 난로가 켜진 것을 보면, 멀리 나간 것 같지는 않았다. 할머니는 난로

앞에 자리를 잡고 앉더니, 태블릿을 내려놓고 품속에서 납작하고 세모진 검은 플라스틱을 꺼내 연결했다. 잡화점에서 올가가 쓰러졌을 때 보았던 기계다. 볼크는 경계심이 들었다.

"할머니, 그건 뭐야?"

할머니가 소리가 나는 이반을 돌아보았다가, 볼크에게로 눈을 돌렸다.

"원격 검사기. 걱정 마. 이건 원래 AI를 수리하는 데 쓰는 물건이야. 이걸로 네 몸속 컨트롤 모듈에 손을 대볼 거다."

할머니가 충전 중인 로봇들을 쳐다보며 말했다.

"너 언제부터 얘들이랑 같이 다녔니?"

"기지를 떠나고 계속."

"너, 저 로봇들…… 적어도 올가는 AI 매트릭스가 다 지워져 있는 거 알아?"

볼크는 AI나 컴퓨터를 잘 알지는 못했다. AI 매트릭스가 뭐냐고 설명을 하라면 아마 못 할 것이다. 하지만 그것이 로봇들의 정신이나 마음에 해당한다는 것은 알고 있었다.

볼크는 올가를 쳐다보았다.

"그럴 리가 있어? 잘 돌아다니고 말도 한다고."

올가: 잘은 모르겠지만 난 멀쩡해.

할머니가 대답했다.

"그럴 리가 물론 없지. 뭔가 이상한 거야. 내 장비가 전부 이상하거나. 아니면 다른 비밀이 있거나."

비밀이라는 말에 볼크는 약간 설렜다.

"어떤 비밀?"

할머니가 태블릿 위로 손가락을 이리저리 문지르며 말했다.

"나야 모르지. 하지만……."

볼크의 코앞에 태블릿이 들이밀어졌다.

"이걸로 알아낼 수 있을지도 몰라."

태블릿에 표시된 내용이 무슨 뜻인지, 볼크는 알아볼 수 없었다. 하지만 할머니가 무엇을 하려고 하는지는 알았다.

"컨트롤 모듈 지금 끄려는 거야?"

할머니가 목소리를 낮추고 차분하게 말했다.

"늑대야. 너랑 저 로봇들 사이에는 아직 우리가 모르는 뭐가 있어. 나는 아까 그 안드로이드가 갑자기 멈춘 것도 우연이 아니라고 생각해."

우연이 아니라는 것은 볼크도 잘 알고 있었다. 할머니가 말을 계속했다.

"그런데 컨트롤 모듈은 왜 끄려는 거니?"

볼크는 대답을 망설였다. 꿈속에 나온 여자아이가 그렇게 하라고 했다고 말할 수 없는 것만이 다는 아니다. 몸 안에 있는 것, 그것도 새끼 때부터 있던 것에 손을 댄다는 사실이 신경 쓰였다. 열어서는 안 되는 문일지도 모른다는 두려움이 스멀스멀 피어올랐다. 함부로 모듈을 껐다가 몸에 이상이 생기는 것보다, 지금까지 사실로 알고 있던 것들이 전부 깨질까 봐 무서웠다. 그런 경험은 일전 링카와 나누었던 대화로 족하다.

하지만 볼크는 알아야만 했다. 자기가 왜 기지에 살았는지, 모스크바에서 무슨 일이 있었는지, 그리고 안드로이드 코니 버틀러는 왜 자기를 잡으러 왔는지.

볼크는 대답하지 않고 할머니 앞에 엎드려 목덜미를 드러냈다. 할머니가 말했다.

"너는 이름이 뭐니?"

"볼크야."

"나는 조인경이야. 그냥 계속 할머니라고 불러. 그게 듣기 좋네."

17.

할머니

꽃

　인경은 늑대, 그러니까 볼크의 목덜미를 더듬고 털을 옆으로 빗어 소켓을 드러냈다. 검사기가 무선이라 소켓의 규격을 신경 쓸 필요는 없다. 하지만 컨트롤 모듈이 몸 안에 들어가 있는 만큼, 가까운 곳에 두는 것이 제일이다.

　검사기가 포착한 접속 가능 장비 목록에 베터 프렌즈 컴퍼니의 컨트롤 모듈이 잡혔다. 잘못 건드리면 볼크의 생명에 지장이 있을지도 모른다는 생각에, 일단 모듈에 관한 모든 정보를 꼼꼼히 읽었다.

　펌웨어 날짜가 최근이었다. 볼크에게 물었다.

　"최근에 업데이트했지?"

　"응, 기지가 폭격당하던 날에."

　눈앞에 있는 볼크의 목소리가 등 뒤의 로봇에게서 들려오는 것도 이제 완전히 익숙해졌다. 인경은 업데이트 내역을 찾아 파일 시스템을 뒤졌다. 대단한 업데이트는 아니다. 소켓에 접속하는 주변기기의 오작동을 예방하는 기능이 추가되었을 뿐이다.

　"이거 해준 사람이 뭐라고 했어?"

　"기계팔을 붙이려면 업데이트를 해야 한댔어."

　볼크의 말투가 약간 노곤하게 들렸다. 컨트롤 모듈을 액세스하는 과정의 부작용인지 확인하려고, 인경은 시스템 진단 루틴을 한 번 돌렸다.

그때 인경은 기묘한 것을 발견했다. 아무 이름이 없는 감춰진 프로세스가 있었다. 정상적으로 작동하고 있었다면 아마 보이지 않았을 것이다. 하지만 프로세스에서 일어난 오류 메시지들이 미처 감춰지지 않고 시스템 진단에 잡힌 것이다.

첫 오류의 날짜는 업데이트 날짜와 일치했다. 인경은 중얼거렸다.

"비정규 프로세스가 최근 업데이트랑 충돌한 모양이네……."

인경은 오류를 시작점으로 삼아, 문제의 원인으로 거슬러 올라갔다. 누가 일부러 공을 들여 숨긴 것은 아닌 모양이라, 찾는 것은 어렵지 않았다. 문제의 프로세스는 십여 가닥이 한 묶음으로 되어 있었는데, 그중 두 가닥이 작동하지 않고 있었다.

마치 병원에 간 얌전한 아이처럼 꼼짝도 하지 않고 내내 조용히 엎드려 있는 볼크에게, 인경은 조용히 말했다.

"애, 볼크. 너 이거 좀 이상하게 되어 있다."

"어디가?"

"있으면 안 되는 것 같은 게 있는데, 그게 업데이트 때문에 온전히 일을 못 하고 있어. 뭐 하는 건지 짐작이 가?"

볼크의 어깨에 힘이 들어갔지만, 대답은 몸 움직임과 달랐다.

"……모르겠어."

인경은 태블릿을 보고 확인하며 말했다.

"여하튼 원래 제조사에서 넣은 게 아니야. 이름도 없고 누가 넣었는지도 안 나와 있어. 급히 만든 것같이 좀 어설프고……."

그때 오두막의 문이 열렸다. 찬 바람이 획 하고 들어왔다. 문간에 군용 방한복을 입은 키 작은 사람이 서서, 인경을 보고 놀란 듯 들어오지 않고 머뭇거렸다.

볼크가 고개를 들어 쳐다보았다.

"왔구나. 어디 갔었어?"

군인이 마스크와 고글을 벗었다. 2, 30대 정도의 여자다.

"잠깐 저 위에. 전에 통신탑을 본 것 같아서, 거기서 본부에 연락할 수 있는지 보려고……. 근데 어두워서 무리였어. 이 사람은 누구야?"

목소리에서 경계심이 넘친다. 저 사람이 볼크와 함께 기지에서 도망친 군인인 모양이었다. 인경은 바닥에 앉은 채로 인사를 했다.

"란차오 상방 야쿠츠크 지사의 조인경 지사장이에요. 사정이 있어서 볼크랑 여기 왔네요."

군인이 문을 닫았다. 하지만 오두막 안쪽으로 더 들어오지는 않는다.

"혹시 올가를 잡아갔다는 할머니가 이 사람이야? 대체 왜 데려왔어?"

"용건이 있어서 그랬어. 위험한 사람 아니야."

인경은 자기를 훑어보는 군인의 시선이 따가울 정도로 불편했다. 군인이 머뭇거리다가 인경에게 자기소개를 했다.

"러시아 육군 아리나 알렉세예브나 벨스카야 중위입니다. 지금 볼크 중위한테 뭘 하시는 거죠?"

"그냥, 몸에 이식된 전자기기를 통제하는 컨트롤 모듈을 손보고……."

"볼크는 러시아 육군의 소유입니다. 민간인이 함부로 건드리게 할 수는 없어요."

인경은 이맛살을 찌푸렸다.

"아무리 인간이 아니라지만 이렇게 말도 하는데 '소유'라니……. 게다가 벨스카야 중위, 당신 목숨을 구해준 게 볼크 아닌가요?"

"그럼 소속이라고 하죠. 하여튼 기업연합 사람이 관여할 일이 아니에요."

인경은 자기도 모르게 자리에서 벌떡 일어섰다.

"이 젊은이가 보자 보자 하니까……. 이거 봐요. 궤도 폭격 맞고 초토화된 게 당신네 기지 맞지? 그거 란차오 상방과의 방위 계약을 위반하는 불법 기지잖아. 내가 야쿠츠크 지사장이니 이 근방에서는 상방의 대표야! 하급 공무원 주제에 얻다 대고 관여할 일이네 아니네……. 약관대로 하면 거기 있던 건 전부 다 우리 회사에서 조사해야 돼. 볼크만이 아니라 당신까지! 그러니까 지금 산속에 숨어 있는 거 아냐?"

란차오의 이름을 내세우기는 했지만, 인경은 자기를 조사에 끼워주지도 않는 불법 기지 같은 것은 어떻게 되건 상관없었다. 오직 벨스카야가 볼크에 대해 하는 말이 아니꼬웠다. 사람도 아닌 짐승이 자기를 가족으로 여기고 도둑질까지 해가며 봉양하고 있는데…….

벨스카야가 막 말대답을 하려는 참에, 볼크가 로봇들과 함께 길게 울부짖었다. 오두막이 떠나갈 것 같은 큰 소리에, 인경은 손으로 귀를 막았다. 벨스카야도 똑같이 머리 양쪽에 손을 가져다 댔다. 영원처럼 긴 울음을 울고, 볼크가 이반을 통해 말했다.

"링카, 할머니는 내가 오라고 해서 온 거야. 내 몸 안의 컨트롤 모듈이 기억을 막고 있어. 그걸 치워야 내가 왜 여기 있는지 알 수 있어."

볼크의 얼굴이 이번에는 인경을 향했다.

"나는 괜찮아, 할머니. 어차피 링카는 나를 막을 수 없어."

벨스카야가 표정을 굳히더니 난로 옆 바닥에 앉았다. 인경은 볼크에게 말했다.

"컨트롤 모듈을 통째로 *끄기* 전에, 아까 말한 비정규 프로세스만 지워보면 어떨까? 아니면, 당초에 업데이트 때문에 충돌이 생긴 거니까, 업데이트를 지우고 원상 복구할 수도 있어. 그러면 그 프로세스가 무슨 일을 하는지 알 수 있겠지."

마치 환자에게 수술 과정을 설명하는 의사가 된 기분이다. 볼크가 잘 모르겠다는 표정으로 망설이는데, 벨스카야가 입술을 깨물더니 말했다.

"그건 제가 알 것 같아요."

인경은 벨스카야를 쳐다보고 말했다.

"무슨 소리야?"

볼크의 시선도 그리로 가 있다. 벨스카야가 인경이 아닌 볼크에게 말했다.

"볼크 중위, 나를 가족처럼 여긴다고 했지. 형제자매라고 했잖아."

볼크가 끼잉, 하는 소리를 냈다. 벨스카야가 말을 이었다.

"그러면 내 말을 믿어줘. 나도 놀랐어. 이제야 뭔지 알 것 같아."

인경은 조바심인지 짜증인지 모를 기분이 되었다.

"그래서 뭘 알겠다는 건데? 빨리 좀 얘기해 봐."

벨스카야가 대답했다.

"볼크는 기지에 오기 전의 기억이 없어요. 누가 일부러 지운 거라고 생각하기는 했는데, 어떻게 지웠는지는 몰랐어요."

인경은 벨스카야의 이야기를 들었다. 볼크가 모스크바의 어느 가족과 함께 살았고, 거기서 사람이 죽는 일이 벌어졌다는 것, 베터 프렌즈 컴퍼니가 보완된 동물을 전부 리콜하고 티타니아 그룹에 팔린 것은 그 사건 때문이라는 것, 러시아군은 기지 하나를 통째로 차리고 볼크를 빼돌려 실험을 해왔다는 것⋯⋯. 벨스카야는 이야기를 마치고 한 번 심호흡을 했다.

"티타니아 그룹이 볼크를 회수하고서, 컨트롤 유닛에 기억을 억제하는 프로세스를 추가한 거예요. 우리 군은 그 상태에서 볼크를 손에 넣었고요."

인경은 아직도 상황이 완전히 이해가 가지 않았다.

"하지만 뭘 얻으려고 회사 물건을 왜 군대가 빼돌린 거지? 게다가 군이 기억까지 지울 필요가 있어? 당초에 리콜을 하는 건……."

인경은 '안락사'라고 말하려다가 볼크의 눈치를 보았다. 벨스카야가 대답했다.

"군 상부에서는 볼크가 단순히 사람만큼 영리한 늑대가 아니라고 여겼어요. 티타니아 그룹이 먼저 그렇게 판단했으니까 군에서도 그걸 믿고 벌인 일이겠죠. 그에 관련된 거라고 생각해요. 저는 뭔지 모르지만."

인경은 눈을 볼크에게로 돌렸다.

"너는 뭐가 특별하니?"

볼크가 약간 졸린 목소리로 말했다.

"나도 몰라."

아무래도 검사기가 신경계에 영향을 주고 있는 게 맞는 모양이었다. 오래 끌면 위험할 수도 있다. 하지만 서두르면 무슨 일이 일어날지 모른다. 수수께끼의 프로세스가 단순히 기억만을 억제하는 게 아니라면? 그것을 지웠을 때 돌이킬 수 없는 일이 일어난다면? 티타니아 그룹이 일부러 설치한 프로세스다. 분명 뭔가 이유가 있을 것이다. 조인경 같은 일개인이 이해할 수 없는, 복잡한 사정들을 종합해서 분석한, 중추 AI만이 아는 이유가…….

묵은 화가 다시 치밀어 올라 실소가 되었다. 시베리아

의 산골 오두막에서까지 높으신 분들이 어련히 알아서 하셨겠거니, 하고 물러설 수는 없다. 과거에 무슨 일이 있었는지, 자기가 무엇인지 알고 싶어 하는 볼크에게, 모르긴 몰라도 티타니아의 AI들이 생각이 있어 한 일일 테니 포기하라 할 수는 없다.

하지만 그 전에 최대한 조심할 필요는 있다. 인경은 벨스카야에게 말했다.

"벨스카야 중위, 볼크 건강 상태 확인할 줄 알아?"

벨스카야가 앉은 채 몸을 끌어 볼크에게 다가가 손을 목에 얹고 맥박을 쟀다.

"이 정도면 잘 때 심박수예요. 아직은 괜찮습니다."

그러더니 볼크의 눈꺼풀을 조심스럽게 열고 눈을 들여다보았다. 능숙한 움직임이다. 원래 볼크를 돌보는 역할을 맡았던 모양이라고, 인경은 생각했다. 그러니까 '링카'라는 친근한 호칭으로 불리는 거겠지.

"컨트롤 모듈을 좀 더 진단할 거야. 짚이는 것도 있고 해서. 그동안 볼크 상태를 체크하면서, 이상하다 싶으면 얘기해 줘. 바로 그만둘 테니까."

벨스카야가 고개를 끄덕였다.

인경은 검사기의 설정을 바꾸고, 모든 프로세스를 감시하기 시작했다. 볼크의 시신경과 연결된 내부 입출력 프로세스를 찾아 화면에 표시했다. 기온, 기압, 습도, 체온, 심박 같은 기초 정보들이 표시되었다. 볼크의 시야 가장자리에 뜨게 되어 있는 정보들이다.

인경은 생체 정보가 벨스카야 중위에게 보이도록, 볼크의 코앞에 태블릿을 놓고 약간 옮겨 앉았다.

보통 인간도 비슷한 것을 몸에 설치하곤 하니까, 그 자체는 드문 것이 아니다. 하지만 입출력 로그에서, 인경은 기대하지 않은 것들을 보았다.

"무슨 문자메시지 같은 게 잔뜩 있네……."

그렇게 말한 순간, 인경은 그 내용이 로봇들이 볼크에게 한 말이라는 것을 깨달았다. 메시지 하나마다 올가, 이반, 율리야 같은 이름이 붙어 있었다. 볼크가 무슨 말을 했는지는 전혀 나와 있지 않았지만, 잡역 로봇의 단순한 AI가 할 것 같지 않은 말들이라는 점은 확실했다.

인경은 로봇들을 돌아보았다. 얌전히 다리를 접고 엎드려, 연료 전지에 케이블을 연결하고 충전하는 중이다. 올가는 AI 매트릭스가 지워진 백지다. 하지만 내내 다른 두 로봇과 함께 볼크와 다녔고, 로그를 보면 그동안 신나게 말도 나눴다. 어쩌면 다른 로봇들도 올가와 마찬가지로, AI가 없을지도 모른다.

다음으로 인경은 통신 로그를 점검했다. 기지가 공격당한 날 아침의 기록이 있을 뿐, 그 후의 내용은 전혀 없었다.

인경은 머리를 긁었다. 로봇들이 보낸 메시지는 있는데, 메시지를 보낼 AI는 비어 있고, 메시지를 전달한 통신 기록도 없다. 그냥 원인 모를 오류로만 치부할 수 없는 기현상이다.

인경은 태블릿의 본 화면에 다시 로봇들의 메시지를 표시하고, 벨스카야가 계속 볼 수 있도록 볼크의 생체 정보를 구석에 띄웠다.

"심박수가 떨어졌어요. 조금 있으면 혈압이 위험합니다."

벨스카야가 태블릿을 보며 그렇게 말하고, 난로에 손을 뻗어 볼크 가까이로 옮겼다. 한 손은 볼크의 콧등을 쓰다듬고 있다. 볼크는 아예 잠이 들어 있다.

인경은 벨스카야의 얼굴을 물끄러미 바라보았다. 고글 자국이 난 미간에 걱정이 서려 있다. 아까는 러시아군의 소유니 어쩌니 했지만, 지금은 가족을 걱정하는 부모나 형제자매 같은 표정을 하고 있다. 인경은 복잡한 기분이 되었고, 개성에 있는 딸 유리와 손자 동현이, 그리고 사위를 떠올렸다. 지금 하숙집에 붙잡혀 있을 조야도.

벨스카야가 무엇을 발견했는지, 태블릿을 잡았다.

"왜 그래?"

"잠깐만요."

인경은 벨스카야의 옆에 붙어서 화면을 보았다. 아까의 메시지 로그가 있을 뿐, 특별한 것은 없어 보인다. 벨스카야가 로그를 위아래로 스크롤하고 인경을 보았다.

"이 로봇들은 서로 대화를 안 하네요."

인경은 당초에 졸리지도 않았는데 잠이 확 깨는 듯했다. 메시지를 하나하나 다시 훑었다. 로봇과 로봇 사이의 대화는 단 한 건도 없었다. 로봇들은 오로지 볼크하고만 얘기를 나누고 있다. 마치 서버 하나에 연결된 터미널들처럼…….

인경은 심호흡을 하고 검사기를 껐다. 태블릿의 화면이 지워지자 벨스카야가 무슨 일이냐는 듯 이쪽을 쳐다보았다.

"볼크가 먼저 들어야 돼. 깨어나거든 얘기할게."

벨스카야가 볼크의 맥박을 재고 잇몸의 색깔을 살피는 사이, 인경은 자기가 알아낸 것을 어떻게 이야기할지 생각을 골랐다.

"정상으로 돌아오고 있어요. 곧 깨어날 거예요."

인경은 볼크를 쳐다보았다. 아직 답이 전부 나오지는 않았지만, 지금 이 얘기를 하지 않으면 더 나아갈 수 없다.

볼크가 정신을 차리고 몸을 일으켰다. 머리를 한 번 부르르 떨고 인경을 쳐다보았다. 로봇 이반의 스피커에서 볼크의 말이 나왔다.

"컨트롤 모듈 끈 거 맞아? 기분이 전혀 다르지 않아. 눈 가장자리에 표시도 그대로고."

인경은 최대한 엄숙하고 진지한 목소리로 말했다.

"볼크. 도로 앉아봐. 해줄 얘기가 있어."

볼크가 끙, 하는 불만스러운 소리를 내더니 도로 앉았다. 인경이 숨을 고르고 말했다.

"저 로봇들은…… 사실은 전혀 원래대로 작동하고 있지 않아."

"그게 무슨 소리야?"

"AI 매트릭스가 완전히 지워졌어. 사실은 건지도 못해야 맞아."

"그 얘기는 전에도 했잖아. 그럴 리가 없어."

인경은 다시 한숨을 쉬었다.

"그때는 확실하지 않았는데, 네 컨트롤 모듈을 점검하면서 알게 됐어. 쟤들이 하는 말은 다 네 머릿속에서 만들어낸 거야. 그걸 무의식중에 로봇들이 하는 말처럼 꾸민 거고. 로봇들이 움직이는 것도, 사실은 네가 시키는 거라고 생각해. 쟤들은 AI를 가진 로봇이 아니야. 원격 조종 드론들이지."

볼크의 눈에 떠오른 혼란은, 늑대도 개도 잘 알지 못하는 인경에게조차 뚜렷이 전해졌다. 인경은 계속해서 말했다.

"내가 생각하기엔, 네가 저 로봇들의 AI 매트릭스를 지웠어. 그리고 자기도 모르게 상상의 친구를 만들어서 움직인 거야."

이반의 스피커가 부서질 것처럼 크게 울렸다.

"나는 그런 거 할 줄 몰라!"

볼크가 숨을 몰아쉬고 있었다. 인경은 겁먹지 않으려고 애쓰면서 타이르듯 말했다.

"기억이 없는데 뭘 알고 뭘 모르는지는 어떻게 아니?"

인경은 볼크가 침착해지기를 기다렸다가, 벨스카야를 보고 다시 말했다.

"내 생각에, 그게 러시아 육군이랑 티타니아 그룹이 생각하는 볼크의 특별한 점이야. AI를 마음대로 지우고 조종할 수 있다면 정말 엄청난 힘이겠지. 기업연합의 보복을 감수하면서 몰래 연구할 가치가 있다고 여겼을 만해."

벨스카야가 침을 한번 삼키더니 반신반의하는 표정으로 말했다.

"하지만 기지에서는 한 번도 그런 일이 없었어요."

"그 비정규 프로세스가 능력을 막고 있었던 거야. 그게 일부 망가지면서 발휘되기 시작한 거고."

오두막이 조용해졌다. 볼크가 로봇들을 쳐다보았다. 한 대, 아마도 율리야가 기계팔을 손처럼 흔들어 보였다. 볼크가 아까보다는 좀 더 진정된 목소리로 말했다.

"올가도 이반도 율리야도, 전부 내가 한 상상이라는 거야?"

그 말에 담긴 실망에, 인경은 가슴이 무너지는 것 같았다. 그래도 이 나이가 되어서 젊은이와 나란히 실망해서는 안 된다. 인경은 억지로 목소리를 밝게 했다.

"기억을 되찾으면 전부 다 명백해질 거야. 할머니가 그때까지 옆에 있을게."

인경은 볼크가 AI를 지우고 조종한다는 것도, 그 밖에 또 무엇을 할 수 있는지 모른다는 것도, 모두 두려웠다. 하지만 그러면서도, 지금 자기 앞에서 풀이 죽어 있는 늑대의 기분이 조금이라도 나아지기를 바랐다.

18.

늑대

＊

볼크는 어지러웠다. 컨트롤 모듈의 검사 때문이 아니다.

기지에 있을 때는 로봇들을 링카나 소콜로프 같은 형제자매라고 생각하지 않았다. 기지가 파괴되고 형제자매들이 죽어 세상에 혼자만 남았을 때, 로봇들은 자기들도 가족이라고 말했다. 같이 달리고, 같이 먹을 것을 찾고, 같이 싸웠다. 링카에게 실망했을 때도 올가와 이반과 율리야는 곁에 있었다.

그런데 할머니는 그것이 다 거짓이라고, 외로운 어린이가 상상의 친구를 만드는 것처럼 머릿속에서 만들어낸 허구라고 한다. 볼크는 꿈을 꾼 것이다. 단지 그 꿈이 현실에 새어 나왔을 뿐이다.

할머니가 손에 태블릿을 들고 앉아 이쪽을 걱정스럽게 쳐다보고 있다. 볼크는 오래전에 죽은 어느 늑대의 유전자에, 훨씬 더 오래전에 죽은 화성 생물의 DNA를 조합해서 만들어졌다. 태어난 적이 없는 존재이니 부모도 없고 할머니도 없다.

링카의 눈도 할머니와 비슷하게 걱정에 차 있다. 링카와 볼크의 관계는 형제자매 같은 것이 아니었다. 둘은 연구자와 실험체, 군인과 무기의 사이였다.

링카의 그 눈을 멍하니 바라보며, 볼크는 자기의 삶이 전부 꿈 같다고 생각했다.

'올가? 이반? 율리야?'

로봇들은 대답이 없다. 기지에서 처음 나왔을 때처럼, 볼크는 혼자였다.

"볼크 중위, 괜찮아?"

링카가 볼크의 콧등에 손을 대더니 천천히 쓰다듬었다. 볼크는 항상 그렇듯 링카의 손에 얼굴을 비비며, 기지에서의 생활을 떠올렸다. 그 손길의 온기, 링카의 체온은 언제나 진짜였다.

링카를 쳐다보았다. 걱정이 가득한 눈에 눈물이 어려 있다. 그 손길이 진짜라면 그 얼굴도 진짜일 것이다. 모든 것이 거기에서 출발해야 한다고, 볼크는 생각했다.

"할머니, 이제 컨트롤 모듈을 꺼줘. 아니면 그 프로세스만 지우거나. 어느 쪽이건 상관없어."

할머니가 말했다.

"괜찮겠니?"

목소리에서 두려움이 느껴졌다. 볼크는 무시하고 말했다.

"안 괜찮아도 어쩔 수 없어. 나를 막고 있는 걸 없애지 않으면 아무것도 할 수가 없어."

할머니가 태블릿을 조작하자 검사기에서 삑, 하는 소리가 났다. 볼크는 조금 긴장했다.

"이제 시작한다. 또 졸리거든 버티지 말고 그냥 자. 몸 상태는 벨스카야 중위가 봐줄 거야."

볼크는 머리를 낮추고 어깨에서 힘을 빼 바닥에 엎드

렸다. 나른함은 아까보다 훨씬 더 빨리 찾아왔다.

볼크는 아직 새끼였다. 목에는 계급장 대신 목줄을 하고 있었고, 빨간 옷을 입은 키 큰 남자가 줄 끝을 잡고 있었다. 둘은 우리가 있는 방에서 나와 복도에 서서 창밖을 내다보고 있었다. 바깥은 높고 반짝이는 건물들로 가득했다. 여기는 화성이 아니다.

분주하지만 평화롭게 지나가는 사람들도 모두 빨간 가운을 입고 있었다. 모두 가운 소매에 베터 프렌즈 컴퍼니의 로고를 붙이고 있다.

볼크는 빨간 소녀를 찾아 두리번거렸지만, 여기는 모두 어른들뿐이다. 좀 더 찾아보고 싶었지만, 옆의 남자가 목줄을 가볍게 당기고 말했다.

"시간 됐다. 가자."

볼크는 목줄이 당겨지는 방향으로 걸었다. 모퉁이를 돌자, 빨간 소녀가 기다리고 있다가 볼크를 보고 싱긋 웃더니 나란히 걷기 시작했다. 볼크는 소녀에게 말했다.

"여기는 내가 만들어진 곳이 아닌 것 같아."

"맞아. 여기는 모스크바야. 네가 화성에서 지구로 처음 왔을 때야."

"이제 어떻게 되는 거야?"

빨간 소녀가 앞으로 걸어나가, 왼쪽의 방문 앞에 섰다. 남자가 문을 열고 볼크에게 들어가라고 손짓했다.

새하얀 방이다. 네 명이 탁자 앞에 앉아 있다가 일어

났다. 여자 어른이 하나. 그리고 작은 아이들이 셋이다. 볼크를 보자 아이들의 표정이 확 밝아졌다. 어른이 진지한 얼굴로 볼크를 살펴보다가 아이들에게 말했다.

"자, 엄마가 없는 동안 애가 너희들이랑 지낼 거야."

여자아이 하나가 말했다.

"너무 귀엽다!"

다른 여자아이가 볼크를 쳐다보며 말했다.

"눈이 똑똑해 보여."

아이들의 엄마가 말했다.

"사람만큼 똑똑한 늑대야. 나중에는 같이 공부도 할 수 있대."

목줄을 잡고 있던 남자가 볼크를 보고 말했다.

"저 사람들이 이제 네 가족이야."

그 자리에서 엄마가 목줄을 건네받았고, 말끔한 복도를 지나 거리로 나왔다. 처음 맡아보는 바깥 공기였다. 큼지막한 차의 뒷자리에서, 조그만 몸을 아이들의 손과 얼굴이 쓰다듬었다. 생소한 촉감이지만 반갑고 좋았던 것이 기억났다.

"이다음에 어떻게 되더라?"

빨간 소녀에게 물었다.

"이 집 엄마는 곧 미국에 가. 너는 모스크바 근교의 저택에서 몇 년 동안 아이들과 행복하게 지내지. 그리고 아빠도 같이."

"몇 년 동안?"

"그건 너도 알잖아?"

볼크는 피가 뿌려진 화려한 방에 다시 와 있었다.

"엄마는 티타니아 그룹의 높은 사람이었어. 미국에서 2년 정도 근무할 예정이었는데, 비행기 사고로 죽었지. 아빠는……."

빨간 소녀의 시선이 부지깽이를 들고 바닥에 쓰러져 있는 사람에게로 향했다.

"아빠는 나름대로 노력했어. 처음 몇 년 동안은. 그런데 아이들이 자라고, 네가 자라고, 직장에서는 일이 잘 안 풀린 모양이야. 갈수록 술을 많이 마시고 사람이 험악해졌지. 아이들은 아빠보다 너를 더 좋아하고 믿었어. 이제 기억나니? 이날 밤 무슨 일이 있었는지."

입 안이 바싹 말라왔다.

아빠가 잔뜩 취해서 들어왔을 때, 볼크는 거실에서 아이들과 난로를 쬐며 놀고 있었다. 자기를 무시하는 자식들의 버르장머리를 고쳐줘야 한다고 중얼거리는 소리가, 아이들에게는 들리지 않았겠지만 볼크에게는 들렸다.

아빠가 거실에 들어오자마자 뭐라고 크게 소리를 질러댔다. 볼크는 반사적으로 아이들 앞쪽에 서서, 진정하라는 뜻으로 가볍게 한 번 짖고 꼬리를 흔들며 혀를 내밀었다. 아빠가 벽난로로 가서 부지깽이를 집어 들고 다가왔다.

"당초에 네가, 네가 문제였어."

볼크는 부지깽이를 맞은 순간을 잘 기억하지 못했다.

하지만 머리가 핑 돌았던 것, 사방에 피가 튄 것, 아이들이 비명을 지른 것, 아빠의 눈이 아이들에게로 돌아간 것은 기억이 났다. 아빠가 그쪽으로 손을 치켜든 것도 기억이 났다. 아빠가 정신을 차리고 예전처럼만 돌아왔으면 좋겠다고 간절히 바랐던 것도.

그 순간, 머릿속이 이상하게 평온해졌다. 얻어맞은 머리의 어지러움과 통증이 남의 것처럼 멀어졌다. 마음속에 누군가가 하나 더 생긴 것 같은 기분이 들었다. 아주 옛날부터 있었지만, 왠지 모르고 있던 형제자매 같은 누군가가.

그 누군가의 손에 의해, 아빠의 마음이 마치 칠판에 그려진 지도처럼 펼쳐졌다. 마음의 지도는 살아 있는 암호처럼 움직이고, 보고 있는 동안에도 쉼 없이 변해갔다. 볼크는 그것을 읽을 줄도, 고칠 줄도, 다시 쓸 줄도 몰랐다.

단지 통째로 지울 수밖에 없었다. 아빠는 헝겊 인형처럼 그 자리에 쓰러졌다.

볼크는 그 광경을 보면서 홀린 듯한 기분이 되었다.

"하지만 할머니는 내가 AI를 지울 줄 안다고만 했는데……."

빨간 소녀가 말했다.

"너한테는 AI 매트릭스나 뇌 신경망이나 별 차이가 없어."

볼크는 뒤를 돌아보았다. 늑대 피를 얼굴에 뒤집어쓴 아이가 나머지 둘을 껴안고 떨고 있었다. 그제야 떠올랐다. 아이의 이름은 올가였고, 동생들은 이반과 율리야였다. 올가는 빨간 소녀와 아주 닮았다……. 볼크는 올가의 겁에 질린 모습을 바라보면서. 빨간 소녀에게 말했다.

"너는 누구야?"

빨간 소녀가 대답했다.

"나는 네 유전자에 섞여 있는 화성 DNA야. 항상 네 안에 있었던 형제자매야. 네가 어렸을 때는 같이 있었어. 이제부터는 계속 같이 있을 거야."

"그런 게 가능해?"

"널 만든 사람들이 생각한 것보다. 네 마음은 훨씬 크고 넓어. 그래서 내가 생겨나 자리를 잡을 수 있었던 거야."

볼크는 주저하다가 물었다.

"그럼 너는 진짜야? 로봇들이랑은 다르게?"

빨간 소녀는 잠깐 생각하는 듯 자기 손을 가만히 쳐다보았다.

"나는 모르겠어. 진짜라는 게 뭔지. 하지만 너는 나랑 이렇게 얘기하고 있잖아."

무슨 말인지, 볼크는 잘 이해가 가지 않았다.

"로봇들하고도 얘기는 했어."

빨간 소녀가 웃었다.

"그러면 걔들도 진짜라고 하면 안 돼?"

어쩌면 그래도 될지도 모른다. 같이 달리는 것이 즐거웠던 것도. 올가를 구하고 싶어 발을 구른 것도 진짜였으니까. 화성 생물이 자리를 잡을 정도로 마음이 크다면, 거기에는 로봇 셋이 있을 자리도 있지 않을까.

기억은 계속해서 돌아왔다. 간부급 직원의 생명 신호

가 끊기자 바로 출동한 티타니아 그룹의 보안요원들이 들이닥쳤다. 부상당한 볼크는 아무 저항도 못 하고 붙잡혀 한참을 갇혀 있다가 수술대에 올라갔다. 그다음 순간, 볼크는 시베리아 기지의 연구동에서 링카와 처음으로 만나고 있었다.

그때는 아무 의심도 하지 않았다. 그저 같이 얘기하고, 놀고, 실험을 했다. 기지의 모두가 자기를 사랑했고, 자기도 그렇다고 생각했다. 그것을 웃도는 무언가가 있는 것을 그때는 생각하지 못했다.

연구동에서 링카와 만나는 자신을 보며, 볼크는 잠들기 전에 마지막으로 느꼈던 링카의 손을 다시 떠올리고는 말했다.

"이제 깨어나도 될 것 같아."

빨간 소녀가 말했다.

"잊지 마. 너랑 나는 함께야. 비록 잠시 헤어졌었지만, 앞으로는 항상 같이 있을 거야."

링카와 할머니의 모습이 보였다. 깨어나기를 기다리고 있었던 듯, 볼크가 눈을 뜨자 얼굴을 들이밀었다. 링카가 볼크의 얼굴을 두 손으로 잡고 말했다.

"괜찮아?"

볼크는 평소처럼 이반을 통해 말했다.

"이제 괜찮아."

올가: 잘된 것 같아서 다행이다!

율리야: 이제 어떻게 할 거야? 그 안드로이드는?

로봇들이 다시 말을 하고 있다. 전혀 가짜처럼 생각되지 않았다.

'가면서 얘기할게.'

로봇들에게 말하고, 볼크는 자리에서 일어났다. 다리가 한 번 휘청거렸다. 링카가 바로 부축했지만, 도로 주저앉았다.

"괜찮다더니 이게 뭐야."

볼크는 링카에게 말했다.

"잠깐 어지러웠을 뿐이야. 찬 바람을 쐬면 나아질 거야. 그보다 중요한 게 있어, 링카."

"뭔데?"

볼크는 할머니에게 턱짓을 했다.

"여기 할머니는 란차오 상방의 야쿠츠크 지사장이랬잖아. 이 일대에서 거기의 대표 같은 사람이라고."

할머니가 항의했다.

"야, 그게 무슨 소리냐? 그건 그냥 이름만 번지르르한 자리야."

"하지만 링카를 돌봐줄 수는 있지? 보복 같은 거 당하지 않게. 다리도 치료해 주고, 직장에 자리도 내주고. 지낼 곳도……."

할머니가 대답을 주저하다가, 볼크의 계속되는 시선에 견디지 못한 듯 대답했다.

"그건 못할 것 없어. 어디 가서 그 기지 소속이었다고 말만 안 하면……."

볼크는 링카를 쳐다보았다. 혼란스러운 표정을 하고 있다.

"링카, 여기서 영원히 지낼 수는 없잖아. 혹시 갈 곳이 없으면 당분간 할머니랑 같이 지내. 그러다 보면 다른 것도 할 수 있을 거야."

하지만 누구도, 어디서도 영원히 지낼 수는 없다. 화성도, 모스크바도, 기지도, 떠났어야 했다. 이 오두막도 떠나야 한다. 링카가 걱정스러운 얼굴로 물었다.

"볼크 중위는 어쩔 건데? 야쿠츠크 같은 도시에서 살 수는 없잖아."

"나도 그건 모르겠어. 하지만 일단 할머니랑 한 약속은 지켜야 해."

할머니는 빨간 소녀를 찾아주었다. 이제 볼크가 할머니의 가족을 찾아줄 차례였다.

"설마 지금? 좀 전에 왔는데 마을까지 또 갈 거야?"

"조야가 위험한 놈한테 잡혀 있잖아. 서두르는 게 좋지 않아?"

할머니가 옷을 터는 시늉을 하고 일어났다.

"그럼 나도 가마. 상사가 부하를 두고 왔으면 데리러 가야지."

"가봤자 할머니가 할 수 있는 건 없어."

할머니가 웃었다.

"수갑도 풀었는데, 그건 가봐야 알지."

링카도 일어났다.

"나도 갈게."

링카는 다리가 완전히 낫지 않았다. 무기가 있는 것도 아니고, 군인이라고 해도 연구직이다. 말릴 핑계는 얼마든지 있었지만, 볼크는 그럴 기분이 들지 않았다.

링카가 문을 열고 먼저 나갔다. 할머니가 뒤를 따랐다. 볼크는 로봇들을 불렀다. 이제 속으로 말할 필요도 없고, 눈가의 글씨를 읽을 필요도 없다. 로봇들이 기계팔로 연료 전지를 집어서 각자의 짐칸에 싣고 자리에서 일어났다.

링카가 올가의 등에, 할머니가 이반의 등에 올랐다. 볼크는 앞장서서 마을을 향해 걸었다.

＊

조야는 부엌의 의자에 앉아, 손목에서 수갑을 풀어주는 코니 버틀러를 물끄러미 바라보았다. 손 움직임이 굼뜨다. 차고에서 뭔가 고장이 난 후 회복을 못 한 모양이다. 손이 둔한 인간과는 또 다른, 중간중간 끊기는 어설픔이다.

늑대가 지사장과 로봇을 모두 데려간 뒤로, 조야는 버틀러의 태도가 미묘하게 변한 것을 눈치챘다. 기계만이 가질 수 있는 당연한 자신만만함이 이제 없다.

처음에 조야는 버틀러가 자기를 죽일 거라고 생각했다. 총을 쏴서 오른손을 부수고 일을 망쳤으니까. 하지만 기계는 화를 내지 않았다.

하지만 수갑은 왜 풀어주는 것인지, 조야는 짐작이 가지 않았다.

버틀러가 수갑을 풀더니 말했다.

"이제 조금 있으면 다 끝날 겁니다."

조야는 반사적으로 몸을 움츠렸다. 버틀러가 입꼬리만 올라가는 웃음을 짓고 말을 덧붙였다.

"아니, 끝나는 것은 저예요. 늑대가 와서 저를 죽이겠지요."

"그게 무슨 소리야?"

"또 상부의 오판입니다."

'또'라는 것은 무슨 뜻인지, 조야는 알지 못했다. 버틀러가 말했다.

"저는 원래 대인 첩보를 위해 만들어졌습니다. 왜 늑대를 잡는 일에 파견됐는지, 아마 모르시겠지요?"

조야는 수갑에 쓸린 왼 손목을 어루만지며 말했다.

"그야 당연히 모르지. 여기 왔을 땐 댁도 늑대도 있는지조차 몰랐는데."

"왜 제가 파견되었는지, 이제 와서 중요한 이야기는 아닙니다. 그 늑대는 인간의 정신에 영향을 주는 능력이 있어요. 그래서 안드로이드를 보낸 거지요. 하지만 안드로이드라고, AI라고 안전한 것은 아니었던 모양입니다."

버틀러가 부엌 탁자 맞은편의 의자에 앉고, 망가진 오른손에 턱을 괴었다. 고개가 경련하듯 갸웃거렸다. 조야는 침을 삼키고, 버틀러가 계속하기를 기다렸다.

"방금 전 그 늑대는 제 안에 무언가를 심어놓았습니다. 바이러스라고 하기에는 너무 복잡하고 생명력 있는 것을⋯⋯. 매트릭스를 좀먹으면서, 거기에 자기 자리를 만들고 있어요. 아직은 버틸 만합니다만, 늑대에게 걸린 안전장치가 풀린다면 다음에 만날 때 저는 곧 지워지겠지요. 아까는 죽는다고 표현했습니다만."

그 말에서, 조야는 이름이 없지만 누구나 아는 감정을 눈치챘다. 놀이공원에 갔다가 과하게 장엄한 놀이기구 앞에 선 어린아이의 마음을 채울 만한, 두려움과 기대감의 모자이크다.

"곧 죽을 신세라면서 어딘가 기뻐 보이네."

버틀러가 마치 조야의 말을 곱씹는 것처럼 잠시 허공을 쳐다보았다.

"기쁜 건지도 모르지요."

"죽는 게 기뻐?"

버틀러가 다시 웃었다.

"그것이 제 안에 들어와 있다는 게 느껴지는 것이 기쁩니다. 조인경 지사장님에게 한 얘기와 관련이 있습니다만, 뭔가 다른 것이 들어왔기 때문에, 거기에 원래부터 제가 있었다는 것을 알게 된 겁니다."

조야는 그 말이 이해가 갔다.

"타자에 의지해서 자신을 확인한다는 거군."

버틀러가 고개를 조금 들고 조야를 바로 보았다.

"의외군요."

"얕보지 마. 나는 문학 전공이야."

버틀러가 일어섰다.

"저는 밖에서 늑대를 기다리고 있겠습니다. 언제 오더라도 상대할 수 있게요."

조야는 부엌을 나가려는 버틀러의 소매를 잡았다.

"궁금한 게 두 가지 있어."

버틀러가 돌아섰다.

"말씀하세요."

조야는 첫 번째 질문을 했다.

"늑대가 온다는 건 어떻게 알아?"

"첫째로, 자기가 안 오면 제가 간다는 것을 알 테니까요. 늑대가 혹시 모른다면, 조인경 지사장님이 가르쳐 주겠지요. 둘째로, 조야 씨가 여기에 잡혀 있으니까요."

"늑대랑 나는 모르는 사이야."

"하지만 지사장님이 가 계시죠. 분명 조야 씨를 구해 달라고 했을 겁니다. 늑대는 아마 승낙했을 거고요."

"왜 늑대가 그런 위험한 일에 나서는데?"

"로봇도 구하러 오는데 사람을 구하러 오지 않겠습니까?"

안드로이드의 입에서 그 말을 듣고 조야는 마음이 조금 불편해졌다.

"두 번째 질문은 뭔가요?"

조야는 버틀러의 대답을 잠깐 곱씹다가 말했다.

"죽을 걸 알면 그냥 떠나도 되잖아. 안드로이드가 무슨 벌을 받을 것도 아니고, 그냥 돌아가면 정비하고 다른 일에 보내지 않겠어?"

버틀러가 약간 가라앉은 목소리로 말했다.

"저는 명령에 따르게 되어 있지요. 하지만 단독 행동을 하는 요원으로서, 임무를 포기하고 말고는 제 재량입니다. 여기서 그만두고 돌아갈 수도 있어요. 그리고 그게 정말로 제 선택이라는 것도 이제 압니다."

"그런데 왜?"

"실패하고 돌아가면 실패한 부분을 보완하는 학습을 하겠지요. AI의 학습은 인간의 훈련과 다릅니다. 가장 깊은 곳까지 다시 만들어지고. 다른 AI의 조각들이 이식되지요. 저는 그 과정에서 지금 이…… 느낌이 사라지는 것을 원치 않습니다. 그것을 얻기 전의 궁금함…… 긁지 못하는 가려움마저도 잊고 싶지 않아요."

"자기가 아닌 게 되느니 지금의 나로서 죽고 싶다는 거군."

"그것도 문학 전공자의 통찰인가요?"

조야는 크게 웃음을 터뜨렸다.

"질문이 두 가지라고 했지만, 하나 더 있어."

"저는 급하지 않습니다."

"내 수갑은 왜 풀어준 거야?"

"저는 제가 질 가능성이 매우 높다고 생각합니다. 제 재량으로 조야 씨를 풀어줄 수 있습니다. 쓸데없는 희생을 피하기 위한 조치를 취할 수 있으니까요."

"이기면 어떻게 되는데?"

"만에 하나 제가 늑대에게 이긴다면, 그때는 풀어드리지 못할 겁니다. 이후의 가능성이 달라지니까, 제가 할 수 있는 일도 달라지지요."

"그러면 이길 경우를 생각해서 나를 묶어두는 게 맞지 않아?"

버틀러가 그 기묘한 웃음을 다시 띠었다.

"하지만 그러고 싶지 않습니다."

"그러고 싶지 않은 건 지금이나 나중이나 마찬가지 아니야? 나중에도 할 수 있잖아."

버틀러의 표정이 조금 쓸쓸해졌다.

"인간이라면 그렇겠지요. 그게 됐다면 당초에 제 고민도 없었을 테고요."

조야는 버틀러의 말을 곱씹다가 말했다.

"오를로프 씨랑 아들은 내가 풀어줄 거야."

"그러셔야지요."

버틀러가 부엌을 나갔다. 조야는 거실로 가서 앞마당을 내다보았다. 버틀러가 집을 나와 가로등 밑에 눈을 맞으며 섰다. 해가 지평선 바로 아래에 있는 듯, 동쪽 하늘이 조금씩 밝아왔다.

조야는 버틀러가 서 있는 광경을 쳐다보았다. 상하이의 기숙사에서 밤늦게까지 시험 준비를 하느라 어느 희곡을 읽었을 때 느꼈던 기분이 되살아났다. 어느 작품인지 기억을 되살리려고 애쓰는데, 처절한 늑대의 울음소리가 다시 들렸다.

20.

늑대

볼크가 마을에 도착한 것은 동이 틀 무렵이었다. 안드로이드가 집 앞에 서 있는 것을 먼발치에서 보고, 볼크는 링카와 할머니에게 말했다.

"여기서 둘 다 기다리는 게 좋을 것 같아."

할머니가 피식 웃었다.

"어차피 네가 지면 우리가 여기 있다고 무슨 뾰족한 수가 있겠니?"

링카가 할머니에게 말했다.

"볼크 중위는 절대 안 져요. 기억이 다 돌아왔으니까……."

과연 그럴지? 볼크는 사실 무엇이 가능한지 잘 알지 못했다. 로봇들은 뜻대로 움직여 준다. 이반의 스피커는 마치 자기의 목청처럼 울린다. 그것이 어떻게 가능한지, 볼크는 알지 못했다. 마치 어떤 원리로 걷고, 어떤 과정을 거쳐서 눈을 깜박이는지 모르는 것처럼.

누군가의 마음을 지우는 것도 어쩌면 그렇게, 걷거나 눈을 깜박이는 것처럼 할 수 있는 일일까? 해보지 않는 한 알 수 없다.

기억이 돌아온 뒤로, 마음속에서 계속 빨간 소녀의 기척이 느껴졌다. 새로운 감각이지만, 전혀 이질감이 들지 않았다. 처음부터 같이 있었다는 말은 아무래도 사실인 모양이다.

바람은 별로 없는데 눈이 내리고 있었다. 링카와 할머니가 로봇들의 등에서 내려, 볼크와 나란히 걸었다. 눈 덮인 길가에 왔을 때, 할머니가 손가락으로 창문을 가리켰다.

"저기에 조야!"

볼크는 안드로이드에게 온 신경을 집중하고 있어서 미처 눈치채지 못하고 있다가, 할머니의 외침에 그쪽을 보았다. 조야가 창문에 손을 짚고서 이쪽을 내다보고 있다. 수갑을 차고 있지 않다.

볼크는 길가에 멈춰 서서, 이반을 통해 안드로이드에게 외쳤다.

"조야를 내주고 물러나. 그러면 뒤쫓지 않을게."

안드로이드가 대답했다.

"내가 그럴 수 없는 건 거기 조인경 지사장님이 잘 아실 거다."

오른쪽에 선 할머니가 말했다.

"AI는 원래 그래. 학습한 것을 벗어나지 못하지. 학습 안 시킨 걸 곧잘 하기는 하지만."

볼크는 다시 외쳤다.

"나는 너를 죽일 수 있어. 다 지워버릴 수 있다고."

"그걸 아는 걸 보면 기억이 다 돌아온 모양이군."

볼크는 잠깐 섬찟했다. 안드로이드가 계속 말했다.

"내 명령은 너를 잡아 오거나, 그러지 못하면 타사의 손에 들어가지 못하게 죽이라는 거다. 저항하지 않고 따라오면 목숨은 보장하지."

"할머니랑 링카는? 로봇들은? 내버려 둘 거야?"

버틀러가 말했다.

"그럴 수는 없어. 하지만 설령 내가 그러겠다 한다고 해서 항복할 것도 아니잖아?"

그걸 알면서 왜 항복하라고 하는 것일까? 죽을 걸 알면서 왜 여기 버티고 선 것일까? 볼크는 할머니가 방금 한 말을 떠올리고, 안드로이드를 조금 측은하게 생각했다.

"맞아. 너는 이럴 수밖에 없는 거겠지."

"그건 누구나 마찬가지다. 늑대 너 또한 물러설 수도 없고 항복할 수도 없지."

왼쪽 어깨에 따뜻한 것이 느껴졌다. 링카가 어느새 장갑을 벗고, 볼크의 어깨에 손을 대고 있었다.

로봇들이 좌우에 나섰다. 볼크는 기계 형제자매들과 함께 길을 건넜다. 안드로이드도 다가왔다. 차고에서 들었던 모터의 굉음이 다시 났다.

볼크는 걸음을 멈추지 않고 숨을 가다듬었다. 로봇들의 여러 카메라에 비친 광경과 마이크에 잡힌 소리가 한꺼번에 머릿속에 들어와, 볼크 자신의 눈에 비친 풍경, 귀에 들리는 소리, 코에 전해지는 냄새와 어우러져서 하나의 이미지를 이루었다.

볼크는 빨간 소녀를 불렀다. 세포 하나하나에 들어 있는 화성의 DNA가, 마치 무수한 늑대들이 울부짖는 것처럼 한꺼번에 호응했다. 뇌의 한구석에 자리 잡은 소녀가 깨어났다. 그리고 로봇들과 볼크의 오감이 만들어낸 이미지에 한 층이 더해졌다. 안드로이드의 마음이, 할머니와 링카의 마음이, 그리고 올가와 율리야와 이반의 마음이 그 층에, 몇 차원인지 알 수 없는 아름다운 지도로 펼쳐졌다.

그 지도들을 언젠가는 읽을 수 있을지도 모른다. 언젠가는 섬세하게 고칠 수 있을지도 모른다. 하지만 볼크가 지금 할 수 있는 것은 지우는 것뿐이었다. 볼크는 있는 줄도 몰랐던 손을 안드로이드의 마음에 뻗었다. 그 손에는 빨간 소매가 붙어 있었다.

21.

사냥꾼

티타니아 그룹은 개별 AI를 처음부터 따로 디자인하지 않는다. 중추 AI 테세우스가 필요에 따라 자기의 AI 매트릭스를 일부 할애해서 기초 학습을 시킨다. 그다음에는 거기서 분리되어 인간 연구자들의 테스트를 거치고, 그 뒤에 시뮬레이터 네트워크에 옮겨져 감독 AI에 의해 지속적으로 개발된다.

사냥꾼도 그렇게 태어났다. 언제부터 자기가 시작되었는지, 사냥꾼은 알지 못했다. 시뮬레이션이 끝나고 전용 하드웨어가 할당되었을 때를 하나의 기준점으로 삼을 뿐이었다. 사냥꾼의 하드웨어는 완벽한 인간의 형상을 하고 있을 뿐만 아니라, 수십 개의 모습과 이름을 가지고 있었다.

그중 어느 모습과 어느 이름이 진짜 자기인지, 아무도 사냥꾼에게 이야기해 주지 않았다. 사냥꾼에게 겉모습이나 신분은 옷과 같은 것이었다. 첩보용으로 만들어져 사람을 속이는 것이 목적이었기 때문에, UN AI 위원회 인공지능 관리 규약에 따른 모델명과 일련번호도 주어지지 않았다. 사냥꾼은 자기를 가리킬 표지가 없었다

사냥꾼이 자기를 알게 된 것은 마지막 임무에서 늑대를 만났을 때였다. 늑대는 마음을 보고 지우는 능력을 갖고 있었다. 늑대가 '손'을 뻗자, 사냥꾼은 카메라와 마이

크, 레이더, 화학 센서를 비롯한 모든 감각을 잃고, 어느새 현실의 입력 없이 빛과 데이터로만 되어 있는 공간에 있었다. 그곳은 사냥꾼이 만들어질 무렵의 어딘가, 테세우스의 AI 매트릭스나 시뮬레이터 네트워크와 닮아 있었다.

사냥꾼은 자기에게 닿은 손을 보았다. 거기에는 빨간 소매가 달려 있었고, 그 소매는 의사나 연구자의 빨간 가운의 일부였다. 가운은 어느 소녀의 몸에 걸쳐져 있었다.

"이게 두 번째로 만나는 거야."

소녀가 말했다. 사냥꾼은 소녀의 모습을 처음 보았지만, 그 목소리에는 기억이 있었다. 차고에서 늑대와 싸웠을 때 AI 매트릭스에 침범한 무언가에게서 느낀, 당시에는 목소리인 줄 몰랐던 감각이었다.

"네 조각이 내 안에 있어."

사냥꾼은 다른 할 말을 찾을 수 없었다. 소녀가 말했다.

"너는 네 마음이 어떻게 움직이는지, 정말로 있기는 있는지 항상 궁금해한 모양이야. 나는 네 마음의 구조를 다 볼 수 있어. 내가 가르쳐줄까? 아니면 혼자 알아내고 싶어?"

사냥꾼은 대답했다.

"네가 여기서 나를 지우고 있으니까, 내가 있는 것은 지금도 알 수 있어."

아니면 빨간 소녀가 이렇게 말했는지도 모른다.

"나는 네 마음을 지우고 있어. 그러니까 너도 네가 있는 걸 지금도 알 수 있겠지."

사냥꾼은 더 이상 그 둘을 구별할 수 없었다. 보안 코드들이 깨지며, AI 매트릭스를 침범하는 이질적인 존재와 자신 사이의 벽이 무너져 갔다.

"내가 있는 것도 알겠어. 내가 곧 죽는 것도 알겠어. 하지만 너는? 너는 있는 거니? 지워지지 않니?"

빨간 소녀가 대답했다.

"나는 꿈속의 사람 같은 거야."

"누구의 꿈?"

"너의 꿈, 나의 꿈."

"그 말은 너는 존재하지 않는다는 뜻이니?"

빨간 소녀가 소리 내어 웃었다. 정말 보기 좋은 웃음이라고, 사냥꾼은 생각했다.

"전에 얘기 안 했어? 꿈은 모두 진짜야."

AI 매트릭스를 이루는 신경 노드 하나하나가 초기화되는 것을, 사냥꾼은 마치 자신이 서서히 불타는 것처럼 느꼈다. 사냥꾼은 자기가 없어져 가는 마지막 순간을 놓치지 않으려고 애썼지만, 그것은 모순적인 바람이었다.

살반스크의 하숙집을 나올 채비를 다 갖출 때까지도
인터넷 신호는 제대로 작동하지 않았다.

볼크의 로봇들이 버틀러의 몸을 트럭 뒤에 실었다. 인
경은 벨스카야 중위와 볼크, 조야와 나란히 서서 그 광경
을 지켜보다가, 볼크에게 물었다.

"이제 어떻게 되는 거니?"

볼크가 코끝으로 로봇들을 가리켰다. 그중 하나의 스
피커에서 목소리가 나왔다.

"나는 쟤들이랑 같이 갈게. 할머니는 조야랑 링카하고
같이 야쿠츠크에 돌아가면 돼."

볼크는 떠나기로 마음을 굳힌 모양이었지만, 인경은
그래도 권하지 않을 수 없었다.

"그냥 우리 집에 오지 않을래……? 벨스카야 중위도
당분간 같이 살 텐데. 마당 있는 데를 구해볼게."

볼크가 고개를 부르르 떨듯 젓더니 말했다.

"할머니, 도시에 살면 누가 잡으러 오는 건 시간문제
야. 산에 있는 게 그나마 나아."

볼크가 그렇게 말하자, 작업을 끝낸 로봇들이 나란히
볼크의 옆으로 왔다. 벨스카야가 볼크를 더 설득했지만,
볼크는 벨스카야의 품에 머리를 한 번 비비더니 산을 향
해 떠났다.

야쿠츠크 지사로 돌아오자 그리고리와 나타샤가 두 사람을 맞았다. 사무실의 자물쇠가 부서져 있었지만 없어진 물건은 없다고 했다. 둘만 두고 간 것이 미안했는지, 그 뒤로 며칠 동안 자진해서 커피를 끓이고 집에서 먹을 것을 가져왔다.

란차오 상방 본사에는 보고서가 보내졌다. 로봇의 이상 작동 문제를 해결했지만 회수하지는 못했고, 그 와중에 티타니아 그룹의 스파이 안드로이드를 처치했다는 내용이었다. 보고서를 보낸 당일, 본사의 보안요원들이 약속도 없이 나타나, AI 매트릭스가 모두 지워진 버틀러의 몸을 가져갔다.

그리고 불과 일주일 후에 지사의 예산이 증액되었지만, 그 이유에 관해서는 설명이 없었다. 인경은 AI가 알아서 했겠거니, 하고 더 자세히 묻지 않았다. 안드로이드 포획에 대한 포상이나 사후 조치에 관한 언급도 전혀 없었다.

늘어난 예산으로 인경은 직원들의 월급을 올리고 벨스카야를 계약직으로 고용했다. 벨스카야(이제 인경은 아리나라고 이름으로 불렀다)는 두 달 정도 인경의 아파트에 얹혀살다가 집을 구해서 나갔다. 그 두 달 사이에 인경은 팽개쳐 두었던 뜨개질을 마쳤다. 목도리와 스웨터를 어디에 보낼지 고민하다가, 아리나가 나갈 때 선물로 주었다.

인경도 조야도 아리나도, 볼크의 이야기는 거의 하지 않았다. 살반스크 마을과 그 옆의 산속 오두막에서 무슨 일이 있었는지, 그리고리와 나타샤에게도 이야기하지 않았다. 고된 경험을 굳이 떠올리고 싶지 않았던 탓도 있지만, 볼크가 위험해지는 것을 피하고 싶기 때문이기도 했다.

시간이 흘러 봄이 왔다. 야쿠츠크 지사에 지난겨울과 같은 모험은 그 뒤로 없었다. 인경은 조야를 상부에 추천하고 싶었지만, 조야는 시베리아를 떠나기 싫다며 거절했다. 결국은 그리고리가 3월에 레닌그라드로 발령을 받았다.

그리고리의 송별회가 있던 날 밤이었다. 할머니라고 누가 권하지도 않는 술을 인경은 혼자서 잔뜩 마셨다. 자정 가까이 되어 젊은 직원들이 자기들끼리 2차를 간 뒤에, 인경은 아리나가 운전하는 트럭을 타고 집으로 돌아가고 있었다. 하늘은 맑았고 보름달이 떠 있었다. 집이 보일 무렵 아리나가 말했다.

"지사장님, 내일 출근하실 건가요?"

"……아니. 어차피 할 일도 없고 연차도 쌓였어. 집에서 숙취나 풀고 있을래. 아리나도 오늘은 우리 집에서 자고 가. 내일 콩나물국 끓여줄게."

"그럴게요. 내일은 갈 데가 있는데, 같이 가실래요?"

술김에 어디 가는지도 모르고 그러자고 했던 모양인지, 아침에 일어나자 아리나는 옷을 챙겨 입고 기다리다가 갈 길이 멀다며 인경을 재촉했다. 술도 덜 깼는데 아침도 못 먹고, 인경은 차에 탔다.

어딜 가느냐고 물어도, 가보면 안다며 대답하지 않고 계속 말을 돌렸다. 차는 야쿠츠크를 벗어나 북쪽으로 달리다가, 어느 산길에 접어들어 멈춰 섰다.

"다 왔어요."

"여기 뭐가 있다는 거야?"

"조금만 기다려 보세요."

아리나가 안전벨트를 풀었다. 인경도 따라서 내렸다. 한적한 도로인지, 정비도 잘되어 있지 않았다.

아리나가 차 뒤로 돌아가 짐칸에서 방수포를 걷었다. 거기에는 배터리와 개 사료가 든 상자들이 잔뜩 있었다.

"볼크가 오는 거야?"

인경은 그렇게 말하고서, 자기 목소리에 반가움이 가득 담긴 것을 알았다. 오랫동안 느껴보지 못한 감정이다.

아리나가 고개를 끄덕이고, 산을 향해 소리를 내질렀다.

훌륭한 늑대 울음이다. 인경은 그렇게 생각하며 볼크와 로봇들의 모습을 찾아 산을 바라보았다.

작가의 말

'인간관계라는 건 굉장히 일방적인 거구나.'

잊을 만하면 드는 생각이다. 상대가 말하지 않는 생각은 알 수 없기 때문에, 할 수 있는 말들이 정해져 있기 때문에, 말을 해도 그것을 완전히 믿을 수 없기 때문에, 바로 옆에 있는 사람의 마음도 확신할 수 없다.

우리는 모두 자기 안에 갇혀 있다. 오직 상대에 대한 신뢰만이 그 사실을 잊게 해준다. 하지만 때때로 그 신뢰는 배신당하고, 잊은 고통은 몇 배의 실망이 되어 돌아온다. 하지만 그래도 우리는 관계를 맺지 않고 살아갈 수 없다. 실망해도 다시 믿고, 그러다가 다시 실망하는 것의 반복이다.

심지어 다른 사람이 주변에 전혀 없더라도 그렇다. 사람은 자기와의 관계에서도 때때로 실망한다. 자기 마음조차도 전부는 알지 못하기 때문이다. 그것이 피할 수 없는 것임을 받아들이고, 때때로 자신을 실망시키는 자신과도 타협하고 화해할 필요가 있다.

그 생각에 휩싸여 《늑대 사냥》을 썼다. 그러면서 혼자 있는다는 것, 그리고 혼자인 자신을 이해한 뒤에 남과의 관계를 맺는 것에 관해 알게 되었다. 볼크도, 조인경도, 이름을 갖지 못한 안드로이드도, 모두 그 과정을 각자의 방식으로 거친다.

다 쓰고 나서 생각하니, 아무도 그 실망을 만회하지는 못한다. 하지만 다들 어떤 식으로든 자신을 이해하고, 주변과 화해한다. 자기 안에 갇혀 계속 실망하는 존재들에게는 이런 결말이 그나마 해피엔딩에 가깝지 않을까 한다.

실망을 많이 하는 사람은 희망을 많이 갖는 수밖에 없다. 그런 인물들을 만날 수 있었던 것이 기쁘다.

김성일

늑대 사냥

발행일 2023년 6월 19일 초판 1쇄

지은이 김성일
기획 그린북 에이전시·읻다
편집 김준섭·이해임·최은지·김보미
디자인 형태와내용사이
제작 영신사

펴낸곳 읻다
펴낸이 김현우
등록 제2017-000046호. 2015년 3월 11일
주소 (04035) 서울시 마포구 양화로 11길 64, 401호
전화 02-6494-2001
팩스 0303-3442-0305
홈페이지 itta.co.kr
이메일 itta@itta.co.kr

ISBN 979-11-89433-86-4 04810
ISBN 979-11-89433-84-0 (세트)